ZWÖLF MONATE

unterhaltsame Erzählungen durch das Kalenderjahr

IRENE RICKERT

Bibliografische Information der Deutschen Nationalbibliothek:
Die Deutsche Nationalbibliothek verzeichnet diese Publikation in der Deutschen
Nationalbibliografie; detaillierte bibliografische Daten sind im Internet über
http://dnb.dnb.de abrufbar.

1. Auflage 2023
Copyright © 2023 Irene Rickert
Titelfoto: © Irene Rickert
Umschlagsgestaltung und Satz: Julia Schill
Alle Rechte liegen bei der Autorin
Herstellung und Verlag: BoD - Books on Demand, Norderstedt

ISBN: 978-3-748111-32-0

Stufe für Stufe - - -
wohin wird der Weg führen?
Es sind keine „fix und fertig" Geschichten,
denn das Ende bleibt offen.
Im realen Leben haben
verschlungenen Wege
meist keine Zielvorgaben.
Daher überlasse ich
fantasiebegabten Lesern
zu den verschiedenartigen Episoden
einen persönlichen Schluss
zu entwickeln.
Nun geht`s los.
Ich werde mit dem *Januar* beginnen
und mir eine Parallelwelt erschaffen.
Wie heißt es so schön:
„Selbst das dickste Buch beginnt
mit dem ersten Satz"

… so, oder so ähnlich

WEIßER JANUAR

Eigentlich war dieser Morgen ein wunderschöner Morgen, noch dazu ein Sonntag, der erste Sonntag im neuen Jahr.

Doch - wie so oft - kommt es stets auf die Betrachtungsweise an. Ein Lebenskünstler findet im schlimmsten Unwetter sein Fünkchen Glück; dagegen wird es der beste Wettergott einem Verbiesterten nie recht machen können.

In der Nacht hatte es leichten Schneefall gegeben, den ersten Schnee in diesem Winter. Gelangweilt blickte Mirco durch die Fensterscheibe der noblen Villa nach draußen. Die Spitzen der Tannen am Ende der Parkanlage glitzerten in der gerade aufgegangenen Wintersonne, doch für solche Betrachtungen hatte der Bub keinen Blick übrig. Er hatte nur seinen neuen Schlitten im Kopf, den Hella, seine Mama, heute Morgen in einem Anfall aus Wut und Ärger aus dem Kinderzimmer hinausbefördert hatte, nachdem sie im morgendlichen Halbdunkel darüber gestürzt war.

„Ich hätte mir ein Bein brechen können!", hatte sie lautstark vernehmen lassen. Mirco hatte sich schon daran gewöhnt, dass sie sich gern künstlich aufregte. Er wusste, dass sie sich nur über die zerbrochene Glaskanne ärgerte, welche ihr mit dem heißen Kaffee aus der Hand entglitten war. Es war die einzige Kanne, die zu der silberfarbenen Kaffeemaschine passte. Es war eine teure Kaffeemaschine, so wie alles andere, was in ihrer Küche anzutreffen war. Mama neigte zu Übertreibungen. Warum machte sie auch kein Licht an? Weil sie Strom sparen wollte? Oder weil Papa nicht mehr da war? Geschah ihr recht, folgerte Mirco mitleidlos, jetzt muss sie dafür eine neue Kaffeemaschine kaufen. Das hat sie nun davon, nichts als Scherben. Nun stand sein armseliges Weihnachtsgeschenk unten im Eingangsbereich, um dort jedem ungebetenen Besucher den Weg zu versperren. Die rote Schleife mit dem Sternchenmuster hing mittlerweile traurig an den Kufen dieses nagelneuen Gefährtes; genauso traurig, wie er sich selbst fühlte. Mirco war stinkesauer auf Mama und auf die ganze Welt, denn für eine Schlittenfahrt würde die dünne Schneedecke nicht ausreichen. Dies hatte sie ihm bereits unverblümt mitgeteilt - mit knappen Worten -

einfach so. Es war wie immer. Sie behauptete etwas, und dann war es so, und er, der Kleine, hatte den Mund zu halten. Nie fragte sie, wie es ihm dabei ging. Demzufolge hatte Mirco bereits frühzeitig einen ausgeprägten Sinn für Gerechtigkeit entwickelt, und dies fand er total ungerecht. Immerhin hätten sie mal seinen Schlitten ausprobieren können und wenn es nur auf der Böschung neben dem Spielplatz bei seiner Grundschule gewesen wäre. Aber dafür war sich seine Mama mal wieder zu fein. Klar, wünschte er sich noch viel mehr Schnee herbei. Aber es sah nicht danach aus, denn der Wetterbericht versprach Plusgrade für die kommenden Tage. Deshalb wäre er am allerliebsten mit seinen Eltern in die Berge gefahren. Eine vage Erinnerung an Ferien in den Schweizer Alpen ließ ihn nicht los. Da war Papa noch da. Im Gebirge lag der Schnee mittlerweile über einen Meter hoch, das hatte er in den Nachrichten gehört, doch davon wollte Mama nichts wissen. Ein kurzer Urlaub könnte ja Geld kosten. War das ihre einzige Begründung? Missmutig trabte der kleine Kerl auf der feudalen Wendeltreppe nach unten.

Er überlegte. So schnell gab er nicht auf.

„Mami, wann probieren wir endlich den neuen Schlitten aus?" Doch als diese nicht gleich antwortete, sondern ihn nur irritiert musterte, so als hätte er gefragt, wann mal Weihnachten und Ostern zusammenfielen, drückte er - um seinen Wunsch zu unterstreichen - doch tatsächlich ein paar Tränchen aus. Das war seine Geheimwaffe. Daran hatte er lange geübt. Bei Papa hatte das funktioniert - immer - doch Papa war oft im Ausland gewesen bis ... das war sowieso sein allergrößtes Problem, denn nachdem Papa fort war, kam Heiner. Heiner, der Gärtner. Mehr wusste er nicht von diesem neuerlichen Besucher, aber das reichte immerhin aus, um diesen arroganten Besserwisser zu hassen. Bei Mama stieß er jedoch nur auf taube Ohren. „Du hast es mir versprochen." Doch Hella ließ sich nicht erweichen. Da musste der kleine Kerl stärkere Geschütze auffahren. Aber was?

In einem Anflug aus Unerschrockenheit fragte er daher: „Warum fahren wir nicht in die Berge - so wie andere Kinder mit ihren Eltern?" Den zweiten Teil des Satzes hatte er ganz bewusst gewählt. Bei dem Wort „Eltern" zuckte es nämlich um die

Mundwinkel seiner Mama. Das war Mirco nicht entgangen. Für seine gerade mal sieben Jahre war er ein guter Beobachter, und er war mal wieder stolz auf sich und seine Idee. Jetzt galt es: dranbleiben.

„Jonathan fährt Morgen in die Schweiz", begann er, „mit seinen Eltern."

„Hör endlich auf mit der Quengelei!"

Und genau in diesem Moment hörte er wie die Haustür ins Schloss fiel. Heiner!

Schon wieder! Heiner besaß neuerdings sogar einen Hausschlüssel. Seine schweren Schritte kamen näher und schon stand er im Türrahmen, breit wie ein Kleiderschrank und mit einem bösen Gesichtsausdruck, was bei seiner Mama lediglich einen Anflug von Heiterkeit auslöste. Schrecklich! Wie konnte Mama nur so blind sein? Mirco beschloss in der gleichen Sekunde, den Kleider-schrank-Gärtner noch stärker als bisher unter die Lupe zu nehmen. Er musste ihn genau beobachten, denn er war sich sicher, dass dieser ein Verbrecher war und nur immer wieder kam, weil Hella reich war. Noch fehlten ihm handfeste Beweise, aber das würde sich ändern. Er brauchte Zeit zum Nachdenken - ungestört - und so beschloss er sich in sein Zimmer zurückzuziehen. Mama würde ihn nicht vermissen. Wenn Heiner da war, hatte sie sowieso nur noch Augen für diesen Protz von Kleiderschrank, und sie wollte nicht gestört werden. Manchmal schloss sie sogar die Tür zu ihrem Schlafzimmer ab, um mit dieser Geste Mirco komplett aus ihrem Leben auszuschließen. Das war richtig schlimm. Mirco überlegte, was zu tun sei, aber er konnte sich kaum auf einen Gedanken konzentrieren. In Wirklichkeit war er nur tieftraurig, aber er weinte nicht.

„Buben weinen nicht", hatte Mama ihm eingetrichtert, als er noch klein war. Jedoch bereits damals war er anderer Meinung gewesen, aber wie sollte sich so ein kleiner Dreikäsehoch gegenüber einer großen Mama bemerkbar machen? Keine Chance! Nichtsdestotrotz hatte sich dieser Satz bei ihm eingegraben. Also, er würde später bestimmt keine Kinder haben wollen, das war seine Reaktion, seine logische Schlussfolgerung, und das hatte er sich fest vorgenommen.

Seine Blicke schweiften teilnahmslos durchs Zimmer. Er sah den wuchtigen Kleiderschrank, den verhassten Schreibtisch… Spielsachen? – Fehlanzeige, dafür nahm ein glänzender Fernseher die halbe Wand ein. Und - ach ja - sein Hochstuhl, Mamas Heiligtum, stand in der Ecke. Das war oberpeinlich, vor allem wenn sein Freund Jonathan ihn besuchte, aber es war ihm verboten worden, dieses Relikt aus seiner Kinderzeit zu entsorgen. Den alten Schemel vom Sperrmüll hingegen mochte er ganz gern. Darauf konnte er steigen, um an das obere Regal im Schrank zu kommen. Und da gab es noch den drehbaren Bürostuhl, den Papa von irgendeinem Amt ergattert hatte. Papa hatte noch gute Verbindungen durch die eigene Firma, welche er selbst aufgebaut hatte. Doch irgendwann später ist er wohl Bergsteiger geworden. Mirco wusste es nicht so genau, denn von Mama konnte er nichts erfahren. Allerdings konnte er sich noch daran erinnern, dass Papa oft unterwegs gewesen war. Nachdem er von einer Tour nicht mehr zurückgekehrt war, hatte Mama ihn für tot erklären lassen. So hatte sie das jedenfalls immer wieder behauptet, und sie konnte sehr böse werden, wenn Mirco ihr das nicht glaubte und sie nur ängstlich anstarrte. Er vermisste seinen

Papa, und seit dieser Zeit hatte sich alles in seinem jungen Leben verändert. Ist denn „für tot erklärt" dasselbe wie „nur tot?", wollte er wissen. Papa wusste immer und auf alles eine Antwort, doch von Hella bekam er keine Antwort – nie! Irgendwann hatte er aufgehört zu fragen. Es hatte ja doch keinen Zweck. Er zog sich immer mehr zurück in seine Fantasien und gestaltete die Welt nach seinen eigenen Wünschen. Und in dieser Welt lebte sein Papa wieder, und seine Mama war gar nicht seine Mama. Aber die Traurigkeit hörte nicht auf. Während er zum x-ten Mal die Wände des lieblos eingerichteten Raumes anstarrte, überkam ihn eine grenzenlose Sehnsucht nach Schnee und nach seinem Papa. Ganz plötzlich, im Bruchteil einer Sekunde hatte sich eine waghalsige Idee seiner bemächtigt, und diese wuchs innerhalb kürzester Zeit ins Riesenhafte. Geradezu besessen von dieser neuen Eingebung gingen seine Gedanken spazieren, und ein nie gekanntes Freiheitsgefühl rann ihm über den Rücken. Er wusste auf einmal ganz genau was zu tun war. Er musste fort von hier, und zwar sofort.

Es war so still, dass er das Pochen seines Herzschlages vernahm, welches sich unentwegt mit dem Ticken der Wanduhr aus dem Flur vermischte.

Wie fremdgesteuert stülpte er sich seinen Wollpullover über den Kopf, nahm Mütze und Schal und packte ein paar Halbseligkeiten in den Rucksack. Mit Jacke und Schneeschuhen ausgerüstet verlor er einen kurzen wehmütigen Blick auf den neuen Schlitten im Hausflur und verließ fluchtartig das pompöse Anwesen. Die Reste seines Taschengeldes, es waren immerhin etwas über hundert Euro, die er sich zusammengespart hatte, steckten in seiner Hosentasche, und so machte er sich auf den Weg zu der kleinen Bahnstation in der Nähe. Als er dort ankam begann es bereits dunkel zu werden, aber jetzt gab es kein Zurück mehr. Er betrat die neu gestrichene Halle und als der erste Zug auf Gleis 1 einfuhr, hetzte er zum Bahnsteig und mischte sich unter die Fahrgäste. Ehe er sich versah wurde er in den Zug geschoben. Er wehrte sich nicht und ließ es einfach geschehen. Erst als die Bahn anfuhr kamen ihm erste Zweifel. Was hatte er getan? War das richtig? Er wusste ja nicht einmal, wohin die Reise gehen würde. Soweit er feststellen konnte, war der Zug voll besetzt. Durch die Mitteltür sah er, wie sich eine Schaffnerin durch die Enge zwängte, um Fahrkarten zu kontrollieren. Mircos Herz klopfte bis zum Hals und er blieb vorsichtshalber direkt hinter dem Ausgang stehen. Als der Zug nach kurzer Zeit – für Mirco jedoch eine Ewigkeit – in den nächsten Bahnhof einlief, flüchtete er nach draußen, und dann befand er sich wieder auf einem Bahnsteig. Gleis 18 deutete darauf hin, dass er in einer größeren Stadt gelandet war. In seinem jungen Leben war Mirco noch nicht viel herumgekommen. Für Erlebnis- oder Urlaubsreisen hatte seine Mama nie Zeit gehabt. Angeblich fehlte ihr dafür das Geld, aber das konnte sie selbst ihrem Kind nicht mehr weismachen, obwohl sie das immer wieder betonte.

Doch gegen ihre ständigen Behauptungen, reich gespickt mit undefinierbaren Drohungen, konnte er sich natürlich nicht zur Wehr setzen. Doch wusste er instinktiv, dass sie sehr geizig war und dass sie log. Sie hatte einfach keine Lust, mit ihm auf Reisen zu gehen. Warum?

Wie von selbst glitten Mircos Hände in seine Hosentasche. Die Geldscheine darin wirkten beruhigend und gaben ihm ein gewisses Gefühl von Sicherheit. Nur was sollte er tun? Zurückfahren? Nein! Dann wäre ja sein schöner Plan umsonst gewesen. Inzwischen war es stockdunkel und sein anfänglicher Mut schrumpfte von Minute zu Minute. In der unterirdischen Bahnhofspassage fiel so ein kleiner Junge kaum auf, und so hetzten auch die meisten Passanten mit Koffern und Aktentaschen an ihm vorbei. Mirco war furchtbar aufgeregt und rannte an der Menschenmenge vorüber einem der Ausgänge zu. Unvermittelt befand er sich vor einem Taxistand und blickte wie versteinert auf die stark befahrene Straße. Doch schon bald stieg ihm der köstliche Duft einer Fischbratstätte in die Nase und das Wasser lief ihm im Mund zusammen. Rasch drängelte er sich durch die wartende Kundenschlange. Mit einem Fischbrötchen und dem Wechselgeld in der Hand trottete er zurück in die Halle und setzte sich dort auf eine Wartebank.

Während er das Essen in sich hinein stopfte wurde er schläfrig. Daher nahm er den Mann mit

der Sonnenbrille und der merkwürdigen Kopfbedeckung nur halbherzig wahr. Er war ihm gefolgt und hatte das Kind schon eine ganze Weile beobachtet. Nun kam er näher, laberte es von der Seite her zu und überhäufte es mit komischen Fragen. Darauf konnte Mirco nur mit einem undeutlichen Gestammel reagieren:
„In die Schweiz - Schlitten fahren."
Nach diesen gemurmelten Worten war der kleine Kerl fest eingeschlafen.
Als Hella am nächsten Morgen aufwachte war es bereits halb Elf. Ein Geräusch hatte sie erschreckt. Dieses laute Rumoren regte sie derart auf, dass sie sogleich ihr Bett verließ. Heiner war in der Küche am Werkeln und am Krach machen, und als er sie erblickte verkündete er lautstark, dass Mirco sich bereits schon „voll selbständig" auf den Weg in die Schule begeben habe.
„Sind die Ferien denn schon vorbei?", fragte Hella noch etwas schlaftrunken. „Wahrscheinlich" lautete die lapidare Antwort, und damit war dieses Thema abgehakt - erledigt. Es interessierte sie nicht besonders. Am späten Nachmittag jedoch holte sie die Angelegenheit erneut ein und zwar mit voller Wucht. Mirco war noch nicht

zurückgekehrt. Und dann überschlugen sich die Ereignisse.

Mit spitzen Fingern übergab Yvonne, das Au-pair-Mädchen, einen braunen Briefumschlag. Als Hella diesen öffnete, entfaltete sie ein schmutziges Blatt Papier mit ausgeschnittenen Buchstaben aus einer Illustrierten:

MIRCO ENTFÜHRT –

VERLANGE HALBE MILLION LÖSEGELD

Im ersten Moment stockte ihr der Atem, eine halbe Million…! Der Entführer musste um ihren Reichtum wissen. In Windeseile liefen Bilder in ihrem Kopf ab und sie erkannte, dass sie sich auf dünnem Eis bewegte. Wenn sie nicht aufpasste, könnte ihr bisheriges Leben nun auf einen Schlag beendet sein. Daher musste sie äußerst klug handeln. Seit etwa vier Jahren war Jonas, der Vater von Mirco, nun verschwunden. Nach dessen Totschreibung, die sie beharrlich erkämpft hatte, war sie zur Alleinerbin der Firma geworden. Das Prozedere war damals nicht mit rechten Dingen zugegangen. Letztendlich wurde ihr die Fabrik überschrieben, denn sie hatte Jonas noch kurz vor dessen Verschwinden geheiratet. Und nun das. Sollte der Vater von Mirco hinter der Entführung stecken? Was sollte sie tun? Die Polizei benachrichtigen?

Da sich ihr Interesse aber nicht nur an dem damals dreijährigen Mirco, sondern auch an der Fabrik stets in Grenzen gehalten hatte, verkaufte sie das gesamte Werksgelände noch im gleichen Jahr und genoss fortan ihre Freiheit und ihren Wohlstand – mit Heiner. Wo war er eigentlich? Seit dem Vormittag hatte sie Heiner nicht mehr gesehen. Ihre Gedankenfetzen wurden abrupt unterbrochen durch das durchdringende Geklingel ihres Festnetztelefons. Mit verstellter Stimme wurde ihr mitgeteilt, dass, ja was?? Ihr Kopf dröhnte als sie vernahm, dass sie die Scheine – Scheine? in einer Plastiktüte zu dem Parkplatz in der Kriegsstraße zu bringen habe, morgen, 21 Uhr.

„Wo ist Mirco?" Die Frage, nicht mehr als ein Hauch, aber sie musste sie stellen, das gehörte sich so. Das Gespräch war in diesem Moment allerdings bereits beendet.

Zur gleichen Zeit irgendwo in einer Waldhütte:
Seit gestern lag Mirco auf einer schmutzigen Matratze im Tiefschlaf. Nach seinen Randalen

hatte man ihn mit Drogen ruhiggestellt. Leicht hatte es der Kleine seinen Entführern nämlich nicht gemacht. Bereits während der Fahrt zu diesem abgelegenen Ort schrie er ununterbrochen. Er randalierte und versuchte mit den Füßen die Autotür einzutreten. So klein er auch war, konnten die zwei Männer ihn kaum bändigen. Der Fahrer drückte aufs Gas und war erleichtert, als endlich die Hütte erreicht war. Immerhin, das Lösegeld war ihnen am Abend zuvor tatsächlich übergeben worden. Soweit lief alles nach Plan – reibungslos. Was wollten sie mehr? Da die gesamte Summe nun sicher unter den Sitzen verstaut war beratschlagten die Beiden die weitere Vorgehensweise im Hinblick auf ihr Opfer - das Kind. Unter einem Vorwand verließ der Schmächtigere von ihnen die Hütte, nachdem er sich vergewissert hatte, dass der Junge immer noch schlief. Unvermittelt danach erwachte dieser jedoch, und was nun geschah sprengte den Vorstellungsrahmen des zurückgebliebenen Entführers.

Augenblicklich stürzte sich Mirco nämlich auf den Maskierten, bombardierte ihn mit Fäusten und Fußtritten. Er versuchte diesem eine Micky Maus

Maske vom Gesicht zu reißen, welcher der Mann aus guten Gründen über seinen Kopf gestülpt hatte. Er wollte schließlich nicht erkannt werden. Dabei schrie Mirco ununterbrochen um Hilfe, und das schien dem Entführer so gar nicht zu gefallen. Schließlich versetzte der Hüne dem Buben einen derart derben Schlag, dass dieser zu Boden ging. Daraufhin stopfte er ihm einen Knebel in den Mund und band ihn mit einem Seil am Stuhl fest. Gegen den gewichtigen Mann hatte der Kleine natürlich keine Chance, aber er weinte nicht. Die zweite Person war noch nicht wieder zurückgekommen. Sie hielt sich offenbar noch in dem Geländewagen auf, der abseits der Hütte abgestellt war. Nachdem sich der Hüne vergewissert hatte, dass der Junge nicht mehr fortlaufen konnte, ließ er ihn allein und lenkte seine Schritte zu besagtem Fuhrwerk. Aber das Auto stand nicht mehr dort und so durchquerte er das unwirtliche Gelände bis zu der Landstraße, weil er annahm, dass sein Komplize dort auf ihn warten würde. Jedoch auch hier war von dem Auto weit und breit nichts zu sehen.

Währenddessen überlegte Mirco fieberhaft, wie er sich aus seiner unbequemen Lage befreien könnte. Er musste sich höllisch beeilen, denn er fürchtete, dass der Mann jeden Moment zurückkommen würde. Daher wackelte er auf seinem Sitz solange hin und her, bis der Stuhl krachend auf den Boden kippte. Danach robbte er weiter voran, denn er hatte ein Küchenmesser entdeckt, mit dem es ihm tatsächlich gelang, das Seil zu durchschneiden. Auf allen Vieren krabbelte er zu der einzigen Tür in dem Raum, die jedoch von außen zugesperrt war. „Mist!" entfuhr es ihm, jedoch ein flüchtiger Blick auf das gegenüberliegende Fensterchen genügte, und schon versuchte er sich durch dessen schmale Öffnung zu zwängen. Nach einigen Kraftanstrengungen gelang ihm dies sogar, und mit einem Satz sprang er hinaus ins Freie. Es war dunkel, und es war kalt, und so schnell er konnte hastete er weiter - blindlings durch allerlei Gestrüpp; nur weg von der Hütte, und die Angst trieb ihn immer tiefer in einen angrenzenden Wald hinein. So konnte er natürlich nicht ahnen, dass inzwischen die Polizei mit Spürhunden bei der Hütte eingetroffen war. Auch wusste er nicht, dass es mittlerweile eine Suchmeldung nach ihm quer durch die lokalen Medien gab.

Außerdem hatte man eine erneute Suchmeldung nach Jonas, seinem Vater durchgegeben.

Heiner, immer noch mit der Micky Maus Maske über dem Gesicht, war total verzweifelt, denn so langsam dämmerte es ihm, dass sich sein Komplize mit Auto und dem Lösegeld aus dem Staub gemacht hatte. Dabei wäre dies seine Chance gewesen, wenigstens einen Teil des Vermögens von Hella zu ergattern. Wie konnte er je so vertrauensselig gewesen sein, seinen Kumpel allein und unbeaufsichtigt zu dem Wagen gehen lassen! Der Plan war doch eigentlich perfekt: Halbe-Halbe, und danach wollte man sich absetzen, über die Berge und dann - dann wollte man weitersehen. Und nun? Wo würde dieser Deal enden? Wie sollte es weitergehen? Was konnte er tun? Jetzt hatte er auch noch das Kind an der Backe. Nur gut, dass der Junge ihn nicht erkannt hatte. Er hoffte inständig, dass Hella nicht die Polizei eingeschaltet hatte, doch sicher war er nicht; bei dieser Frau war nichts sicher. Eine böse Ahnung beschlich ihn, als er von irgendwoher das Gebell der Hunde vernahm, welches den letzten Rest seiner Hoffnung zunichtemachte. Er hatte verloren!

Die Spurensicherung war gleich zur Stelle, und was danach geschah, war reine Routine im Polizeialltag.

Mirco war mittlerweile so weit entfernt von dem schaurigen Ort, dass er weder das Spektakel des Polizeieinsatzes noch das durchdringende Gebell der Spürhunde mitkriegte. Es war eine kalte Januarnacht, und er fror entsetzlich. Seine Schritte über den vereisten Waldboden wurden zunehmend schleppender, aber erst als der Morgen graute, übermannte ihn ein erlösender Schlaf mit seiner ganzen Wucht. Er träumte von seinem Papa. Mama hatte ihm nie gesagt, was dieses „für tot erklärt" eigentlich bedeute, obwohl er sie immer wieder hartnäckig mit dieser Frage löcherte. Warum nur? Doch nun auf einmal hatte er selbst eine Erklärung dafür gefunden. Seine Definition überfiel ihn schlagartig, war glasklar und ließ keinerlei Zweifel aufkommen. Es war nämlich ganz einfach: Papa war nicht „tot", sondern nur „für tot erklärt." Das war etwas ganz anderes, und er wunderte sich, warum er nicht schon früher darauf gekommen war. Je länger er nun darüber nachdachte, desto leichter wurde ihm sein kleines Herz, und es begann zu hüpfen vor lauter Freude. Und dann – ganz überraschend spürte er die vertraute Nähe seines Vaters, die er so lange vermisst hatte.

Dessen starke Arme hoben ihn auf und trugen ihn zu der bekannten Limousine auf einem angrenzenden Parkplatz. Nun fror er nicht mehr. Ihm war warm und er fühlte sich pudelwohl. Er freute sich wie ein Schneekönig, denn er wusste, dass er heuer mit seinem Vater ins Gebirge fahren würde –

in den Schnee.

BLAUER FEBRUAR

Adrian schlug die Augen auf und blickte auf seine Armbanduhr – halb sechs. „Ausgeschlafen ist etwas anderes" murmelte er vor sich hin. Seit Wochen kam er nachts einfach nicht mehr zur Ruhe. Matt und schwerfällig stand er auf und öffnete das Fenster. Ein schemenhafter Mond blickte durch den Dunst dieses frostigen Februarmorgens. „Weiberfastnacht" entfuhr es ihm. Verächtlich kräuselte er seine Lippen und grinste böse in sich hinein. Fastnachtsbräuche und laute Blechmusik, das waren normalerweise nicht „sein Ding", doch in diesem Jahr würde er eine Ausnahme machen - in vier Tagen. „Rosenmontag" lautete von nun an sein Zauberwort…

An diesem Donnerstagmorgen war er - wie so oft - der Erste, der die Agentur betrat. Als er mit dem Fahrstuhl in der dritten Etage angekommen war, war es noch stockdunkel auf den Fluren, und er schaltete die Beleuchtung an. Auf seinem Rechner öffnete er die Seite, welche die aktuelle Anzahl seiner verbleibenden Arbeitstage anzeigte. Wieder ein Tag weniger! Dieses Ritual hatte er sich angewöhnt, seit es dieses Programm gab und er auf seinen letzten Arbeitstag hin fieberte. Es wurde morgens seine erste Amtshandlung, wie er es gerne ausdrückte - das Beste vom Tag. Natürlich wusste er die Zahl der restlichen Arbeitstage auswendig, aber es tat ja so gut, diesen Zeitmesser immer wieder vor Augen zu haben. Mittlerweile waren es noch 48 Tage bis zum Beginn seiner Rente. Davon gingen zwei Wochen Resturlaub ab; außerdem hatte er noch ein Zeitguthaben abzufeiern. Also, alles in allem, sein Stichtag war der 8. März – der Tag, an dem seine wohlverdiente Freiheit beginnen sollte, die Erlösung von diesem grauen Behördenalltag – allerdings nur, und das war ein Problem, wenn nicht doch noch ein Wehrmutstropfen in das Glas seiner Glückseligkeit tropfte. Doch dies durfte nicht geschehen. Er konnte nicht zulassen, dass auf seine letzten Arbeitstage auch nur irgendwas schiefgehen würde. Sollten denn die aufreibenden Anstrengungen der letzten Jahre vergeudete Energien gewesen sein? Nein, und nochmals nein!

Demzufolge war sein Prozedere genauestens durchdacht, denn er war schließlich ein meisterhafter Stratege.

Begonnen hatte seine Nebentätigkeit – wie er diese gern betitelte - mit einer einzigen gefälschten Geburtsurkunde. Als diese Sache reibungslos vonstattenging, wurde er immer wagemutiger. Wozu pflegte er diverse Beziehungen zu den städtischen Behörden? Diese konnte er doch nicht ungenutzt verstreichen lassen.

Das Diebesgut, Blanko-Vordrucke für Geburtsurkunden, bereits mit Stempelaufdruck versehen, waren Gold wert. Mit dem Verfahren, insbesondere mit den regelmäßigen Kindergeld-Auszahlungen kannte er sich aus, und von da an floss alle zwei Monate ein fester Betrag auf ein Konto, welches er extra hierfür eingerichtet hatte, für Kevin und Yvonne und für Michael, Marie und Alexander und wie sie alle hießen. Es war eine Freude. Er hatte lange daran gearbeitet, sich alles gut überlegt, perfekt geplant und freute sich nun darauf, dass er sich in Bälde zurücklehnen konnte, um sein Rentnerdasein zu genießen. Natürlich war ihm bekannt, dass normalerweise nach sechs Jahren eine allgemeine Überprüfung der Daten erfolgte. Daher war er auch auf diese Fragebogenaktion bestens vorbereitet. Er musste in sich hinein grinsen; seine Kinderchen, seine erfundenen Kinder mit Anspruch auf Kindergeld, würden demnächst allesamt das 18te Lebensjahr vollenden und somit automatisch aus der weiteren Zahlung herausfallen. Bis dahin würde er sich längst in den Süden abgesetzt haben. Auch die fingierten Aktenstücke würden nach und nach aus den Regalen verschwinden und gelöscht werden. Doch an diesem Morgen konnte Adrian sich kaum auf seine normale Arbeit konzentrieren. Zum einen war er unausgeschlafen, zum anderen viel zu sehr aufgedreht und konnte seine Ängste mal wieder nicht abstellen. Immerhin fand in vier Tagen das Kostümfest statt – am Rosenmontag, und er fühlte sich bereits jetzt schon wie auf glühenden Kohlen sitzend. Dies zehrte an seinen Nerven und ohne zu wollen kam er ständig ins Grübeln, und wie ein Film liefen die letzten Wochen in seinem Kopfkino ab, denn jetzt gab es ein Problem.

Angefangen hatte es mit Beginn des neuen Jahrtausends. Den Anstoß dazu hatte die Tatsache ergeben, dass er gemobbt wurde seit ihm der Neue vor die Nase gesetzt worden war. Eigentlich hätte seine eigene Beförderung angestanden. Stattdessen störte dieser ewige Student von Beruf „Sohn" und mit null Ahnung von der Praxis seinen geordneten Büroalltag. Fritz Lampe, von Lampe & Co, war ein äußerst unangenehmer Zeitgenosse. Doch es wurde noch schlimmer. Anfangs hegte der Neue nur einen vagen Verdacht, doch er stöberte solange in den hausinternen Programmen bis er fündig geworden war. Sein anfängliches Misstrauen erhärtete sich, und nach umfangreichen Recherchen kam er dem Schwindel gefährlich nahe.

Daraufhin stellte er Adrian zu Rede, und als Krönung schmiss er ihm einen Haufen brauner Aktenstücke vor die Füße. Das war vor etwa fünf Wochen. Sollte für Adrian nun alles umsonst gewesen sein? Nie und nimmer. Eine Weile gelang es ihm noch die Vorwürfe abstreiten, doch er verwickelte sich so sehr in Widersprüche, bis ihm schließlich nichts anderes übrigblieb, als den jahrelangen Betrug zuzugeben.

Er war ertappt.

Sein neuer Vorgesetzter wusste alles. Jedoch aus unerfindlichen Gründen hatte dieser den Fall nicht gemeldet – noch nicht. Es war nämlich so, dass Fritz Lampe seinerseits Morgenluft witterte, und so schlug er ihm einen Deal vor. Danach begannen die Erpressungsversuche.

Aber was, wenn er auf die Forderungen seines direkten Vorgesetzten eingehen würde? Dann hätte Lampe ihn völlig in der Hand. So wie Adrian ihn einschätzte, würde dieser immer mehr Geld und „Gefälligkeiten" von ihm verlangen. Das durfte einfach nicht geschehen, denn Adrian wusste, die Forderungen würden auch dann nicht aufhören, wenn er bereits in Rente war.

Da sich die Situation derart zugespitzt hatte, dachte er eine ganze Weile darüber nach, ob er sich selbst anzeigen solle. Sorgfältig, wie es seine Art war, wägte er das Für und Wider ab. Er kam jedoch zu dem Schluss, dass selbst in diesem Fall sein ganzer Aufwand und alle Bemühungen der vergangenen Jahre gescheitert wären – der ganze Nervenkitzel - alles umsonst. Aber nicht nur dies, die angefallenen Summen würde er zurückzahlen müssen. Dazu drohte ihm ein Strafverfahren mit ungewissem Ausgang. Im schlimmsten Fall…, aber daran wollte er gar nicht denken. Soweit durfte er es nicht kommen lassen, denn dann wäre er für den Rest seines Lebens erledigt gewesen. Er musste einen Schlussstrich ziehen – endgültig - ein für alle Male. Adrian hatte schließlich andere Pläne, ganz andere…

Er musste Lampe auslöschen.

Das war die einzige Lösung.

Er atmete schwer, doch bei diesen Betrachtungen stellte sich langsam eine gewisse Erleichterung ein – ja - er wurde beinahe übermütig. Er würde es diesen Narrenprinzen zeigen und zwar bald. Jetzt musste ihm nur noch gelingen, Lampe jun. bis zum Tag des Maskenballs hinzuhalten.

Ein Narrenprinz war Fritz Lampe allemal. Als Sohn einer ortsansässigen Firma würde er in diesem Jahr wieder den Karnevalsprinzen geben. Er war die Hauptperson der schwarz-weißen Nacht.

Und dann war der Tag gekommen – der Rosenmontag mit dem stadtbekannten Preismaskenball in „Lampes Festhalle"

Adrian hatte einen Tag Urlaub genommen, damit er sich in Ruhe um die letzten Vorbereitungen kümmern konnte. Die Tüte mit dem Pülverchen – todsicher und geschmacksneutral - trug er allerdings schon seit Neujahr mit sich herum. Ein tolles Zebra-Kostüm hatte er sich aus dem Keller der kleinen Stadtbühne besorgt – sogar passend zum Thema. Kein Mensch würde ihn unter dem Zebrakopf vermuten. Der schwarz-weiß gestreifte Anzug war weit geschnitten und passte sich nahezu jeder Körperform an. Der Zebrakopf, äußerst originell, fiel schon allein durch seine überdimensionale Größe auf. Ein wenig schwarze Schminke brauchte er noch um die Ränder anzupassen, und kein Mensch würde ihn erkennen – auch nicht Fritz Lampe.

„Alleeh – hopp", ein Zebra drängelte sich in die Höhle des Löwen. Dröhnende Blasmusik und rauchgeschwängerte Dunstschwaden strömten Adrian entgegen und machten ihm das Atmen schwer. Er keuchte unter seiner ominösen Maske, doch da musste er jetzt durch - im wahrsten Sinne des Wortes. Er gab sich also einen Ruck und schlängelte sich durch die Menschenmenge, vorbei an tanzenden und schwitzenden Leibern, wurde mehrmals angepöbelt: „Hallo Zebra, kannst du auch wiehern?", aber er ignorierte es und steuerte zielstrebig auf eine abgedunkelte Ecke zu, der Sektbar.

Dort würde er Fritz Lampe antreffen, das wusste er, denn dieser mochte Sekt. Er konnte sich Zeit lassen, denn seine Armbanduhr zeigte erst Viertel vor Elf. Erst um Mitternacht würden die Masken fallen, und bis dahin musste alles erledigt und er selbst wieder verschwunden sein. Er musste nicht lange suchen, und schon erblickte er sein Opfer, welches bereits leicht angetrunken mit dem Oberkörper halb über der Theke hing. Pure Erleichterung bemächtigte sich seiner; bis jetzt lief alles tadellos nach Plan. So sollte es nun weitergehen - bis zum bitteren Ende. Er verspürte keinerlei Skrupel. Bei einem Katzenkostüm hinter dem Tresen bestellte er ein Glas Sekt und bezahlte sogleich. Nun kam seine große Stunde, auf die er hin gefiebert hatte. Mit zitternden Fingern ließ er das Pülverchen aus der Tüte in das

Glas hineinrieseln – vorsichtig - damit auch kein Körnchen danebenging. Bei dem Menschenandrang nahm niemand Notiz von diesem Vorgang, und daher konnte er ganz unauffällig Lampe das Sektglas zuschieben.

Dieser ergriff es sogleich und setzte es zum Trinken an…

Adrians Nerven waren bis zum Äußersten gespannt; das Ende der Geschichte wollte er nun nicht mehr hautnah miterleben. Mit Gewalt versuchte er daher, sich einen Rückzug durch die Menge zu bahnen, was in dem allgemeinen Gewusel schier unmöglich war. Er musste weg von hier, blickte weder nach rechts noch nach links. So entging ihm, dass sich für Lampe augenblicklich weder die Zeit noch die Möglichkeit bot, sein Glas auszutrinken, denn just in diesem Moment schallte ein lauter Tusch der Blaskapelle durch den Saal. Mitternacht – Demaskierung! Wie von weit her hörte er eine krächzende Stimme: „Wir bitten den Karnevalsprinzen auf die Bühne." Verdammt! Seine Uhr zeigte immer noch Viertel vor Elf. Sie war stehen geblieben, die Batterie war leer, und er hatte es in der Aufregung nicht bemerkt. Welch eine Katastrophe!

Nun musste er fliehen, sich so schnell wie möglich aus dem Staub machen in Richtung Ausgang, bevor auch noch die letzten Masken fielen. Er spürte auf einmal ungeahnte Kräfte, rannte die Menschen beinahe um. Doch schon im nächsten Moment ertönte aus dem Mikrofon die schrille Stimme von Lampe:

„Ich bitte die Preisträger unseres diesjährigen Kostümballes auf die Bühne. Den ersten Karnevalsorden für dieses Jahrtausend erhält - - - das Zebra-Kostüm."

Tumultartige Beifallsstürme von mehr oder weniger angetrunkenen Menschen zogen das Zebra über die Tanzfläche, und ohne sein eigenes Zutun erreichte Adrian die Bühne der Festhalle. Er hatte keine Wahl, konnte sich nicht gegen die Meute wehren. Der Karnevalsprinz, nun in jeder Hand mit einem Glas Sekt bewaffnet, gratulierte ihm salbungsvoll zu diesem Preis - um danach mit ihm anzustoßen. Er reichte ihm das Glas Sekt — totsicher und  geschmacksneutral!

***

BRAUNER MÄRZ

Ein kleiner Schmetterling taumelte hinter der Fensterscheibe. „Morgen ist Montag", sagte Andreas lakonisch. Er stand seit einer Weile am Fenster - unbeweglich und beobachtete die Naturgewalten, welche um diese Jahreszeit aufeinander zu prallen schienen. Seine wachen Augen durchquerten den noch winterlichen Garten, schweiften über kahle Äste, und wanderten weiter bis in die wolkenverhangene Unendlichkeit. Er lauschte dem zaghaften Gezwitscher eines unersättlichen Finkenpaares im Vogelhäuschen, und in diesem Moment krampfte sich sein Herz zusammen. Er, der Mann aus Eisen und Stahl konnte sein Glück kaum fassen. Seit diesem Wochenende teilte er nun dieses unbegreifliche Geheimnis mit seiner Liebsten. Helen umfasste seine Schultern. Auf Zehenspitzen war sie ihm gefolgt – lautlos, wie es ihre Art war. Zaghaft, als hätte er Angst, etwas zu zerbrechen, drehte er sich um und berührte ihren Bauch, der noch nicht gewillt war, dieses unfassbare Geheimnis preiszugeben, ein Etwas, das noch nicht einmal einen Namen hatte. Etwas, doch ihm fehlten die Worte für dieses Etwas, das noch keine Worte kannte.

Eine Weile standen Beide ganz still.

„Heute ist Sonntag", sagte Helen und holte ihn mit diesen Worten in die Wirklichkeit zurück. „Schau nur, pünktlich zum Wochenende blühen die Krokusse." Darüber konnte sie sich jedes Jahr von Neuem begeistern. „In ein paar Wochen wird sich das Blütenmeer um die vielen Tulpen, deren Zwiebeln ich im Herbst in der Erde versteckt habe, erweitern. Darauf freue ich mich jetzt schon. Neues Leben beginnt." Ihre Stimme überschlug sich fast. „Es ist immer wieder berauschend, wenn sich der Winter verabschiedet." Gerührt schaute Andreas seiner Frau in die Augen. Sie konnte sich so sehr an den Naturschönheiten begeistern. Ja, das hier war die Wirklichkeit, die absolute Wirklichkeit, das Leben, das Alles. Er bewunderte ihren Enthusiasmus. Doch er, der Starke, war zu schwach, oder nur zu einfach gestrickt, um diese Glückseligkeit zu begreifen. „Ja, es ist Sonntag, und wir werden ein ausgiebiges Frühstück haben", erwiderte er daher etwas ungeschickt.

Diese einfache Formel erfasste auch er; das war schließlich nicht schwer zu verstehen.

Ein ausgiebiges Wochenendfrühstück, nicht nur mit der geliebten Erdbeerkonfitüre, sondern auch mit Frühstücksei, Käse und geräuchertem Lachs und - wahrscheinlich ein letztes Mal für diesen Winter - mit frisch gepresstem Apfelsinensaft lockte bereits aus der Küche. Ab März gaben diese exotischen Früchte nicht mehr viel Saft her; sie wurden zunehmend strohig. Dafür gab es bald die ersten Erdbeeren. Derweil kitzelte der Duft von frisch aufgebrühtem Kaffee und französischen Croissants seine Nase.

Frühstück, das war das Größte, und das konnte sich schon mal über Stunden hinziehen. Für ein Picknick in der freien Natur war es noch zu frisch; da war es zuhause gemütlicher. Helen hatte sich heute für die karierte Bauerntischdecke entschieden, wohl um einen Hauch von Freiluftsaison zu verbreiten. Es gab stets viel zu erzählen, und Beide liebten es, sich einmal kein Zeitfenster zu setzen. Man genoss es zu schlemmen und zu reden. Eigentlich freuten sie sich die ganze Woche über dieses „Highlight."

„Weißt du noch", begann sie, „wie verzweifelt wir waren. „Wie lange ist das her? Acht Jahre – zehn Jahre? Ich will die Kurven sehen, verlangte der Doc immer wieder. Kurven"? sie lächelte. „Jeden Morgen vor dem Aufstehen musste ich meine Körpertemperatur messen, messen und in seine altmodische Kurvenliste eintragen. Hat es etwas genützt? Nee! Und dann die Überweisung in die Uni-Klinik. Eine Bauchspiegelung hat ebenfalls nichts gebracht, genauso wenig wie eine Hormonbehandlung, abgesehen von den elenden Hitzewallungen als Nebenwirkung.

Und immer wieder warten. – warten. Und immer wieder die Enttäuschung, wenn ich nach unzähligen Bemühungen wieder mal nicht schwanger war." „Bemühungen?" Andreas musste lachen. „Ich hoffe doch nicht, dass ich eine zu große Mühe bin, obwohl es manchmal abtörnend war, direkt nach unserem Liebesspiel im Schweinsgalopp zur Untersuchung in die Klinik zu fahren. Aber mal im Ernst: Sind das wirklich schon zehn Jahre her? Kaum zu glauben! Eine unbestimmte Gewissheit gab es erst nach der dritten Untersuchung. Von den möglichen vierzig Millionen Spermien waren gerade mal zehn

Millionen lebensfähig. Ich war sozusagen unfruchtbar - sozusagen? Das war mir zu kompliziert. Medizin war noch nie mein Thema. Trotzdem bin ich immer noch der Meinung, dass ein einziges Spermium für eine Befruchtung ausreichen sollte."

Gedankenvoll äußerte Helen: „Monat für Monat haben wir darauf gehofft, obwohl der Arzt nach diesem Ergebnis unsere Erwartungen auf eine Schwangerschaft gründlich gedämpft hatte."

„Wir mussten dem Mediziner schließlich recht geben", gab Andreas zu, und deshalb haben wir vorsorglich beim Jugendamt den Adoptionsantrag gestellt. Himmel — diese Prozedur hat Nerven gekostet. Diese unmöglichen familiären Überprüfungen und diese undurchschaubare Warteliste!"

„Doch dann kam die Begegnung mit unseren Wanderfreunden. Es war wie eine Erlösung", schmunzelte Helen, denn von diesen Leuten erfuhren wir erstmals von einer Samenbank in Dänemark."

Nach diesen Worten berührte sie ihn zärtlich an der Schulter und ließ ihre Hände über das Muttermal gleiten, welches die Form einer Ellipse aufwies. Andreas hatte ihr erzählt, dass sich dieses durch Generationen in seiner Familie weitervererbt hätte. „Wir waren Feuer und Flamme und wollten diese Möglichkeit nicht verstreichen lassen. Was gab es da zu überlegen", gab Andreas zu.

„Wir konnten es kaum erwarten und nahmen bereits am folgenden Tag telefonischen Kontakt mit dieser Samenbank auf", äußerte Helen nachdenklich." Drei Wochen später sind wir in das Nachbarland gefahren, um vor Ort persönlich eine Samenspende zu kaufen. Im Nachhinein hört sich das voll schräg an, jedoch - was für ein Glück!" Helen klatschte in die Hände. „Ja, das war das einzig Richtige", erwiderte Andreas. Wenn ein Wunsch so stark ist, darf es kein Zögern geben. Davon bin ich überzeugt. Und war es nicht ein Wunder, dass diese erste Spende bereits erfolgreich war.

Also, haben wir alles richtig gemacht."

„Glaubst du eigentlich an den Sinn des Ganzen? Was ich sagen will, warum mussten wir solange warten? Warum hat es gerade jetzt geklappt?"

Jetzt, wo wir so froh darüber sind, könnte es sein, dass wir dieses Wunder damals gar nicht begriffen hätten? Vielleicht wäre es zu früh gewesen." „Können wir es denn jetzt begreifen? Nein! Das kann man gar nicht. Es ist und bleibt ein Geheimnis. Eines ist indes sicher. Es ist unser Kind, und wir werden ihm später erklären, wie es entstanden ist, und ich weiß, dass es uns verstehen wird." Helen wirkte sehr nachdenklich. „Vieles wäre in den vergangenen Jahren anders verlaufen, und manches hätten wir so nicht erleben können. Was haben wir nicht alles unternommen!" „Ja, ich habe zwischenzeitlich unser Haus gebaut", ließ Andreas verlauten, allerdings mit einem schiefen Lächeln. „Das war nicht einfach, wie du weißt. Wenn ich vorher gewusst hätte, was da auf mich zukommt, hätte ich es wahrscheinlich gelassen." Er seufzte. „Vielleicht wollte unser Sprössling warten bis es fertig war. Immerhin weiß ich jetzt, für wen ich dieses Haus gebaut habe."

„Tolle Urlaube haben wir erlebt in den vergangenen Jahren", erwiderte Helen leise mit einem so verträumten Lächeln und einer besonderen Weichheit, die er früher nicht an ihr gekannt hatte. Kennengelernt hatte er sie als eine überaus taffe Frau.

Helen schwelgte weiter in Erinnerungen. „Weißt du noch, als wir die französische Atlantikküste abgeklappert hatten auf der Suche nach einem freien Campingplatz und nur Schilder mit der Aufschrift „COMPLETE" den Weg kreuzten. Und dann…" „In Hendaye angekommen, hatte es tagelang geregnet, und wir kamen nicht mehr aus unserer Behausung heraus. Die Zeltstangen hingen übervoll mit unseren nassen Klamotten. Weißt du noch…"

„Es war wunderschön", die Stimme dieses harten Kerls hatte einen ganz eigenen milden Ton bekommen, den Helen so sehr liebte. „Wenn unser Kind da ist, wird er wieder neue Apfelsinen geben – Anfang Dezember -"

Er blickte auf die Küchenuhr. „Wie wäre es, wenn wir heute zur Feier des Tages wieder zum Erika-Felsen marschieren würden? Winterjacke und Stiefeln müssten allerdings sein, denn der Waldboden ist noch ziemlich nass vom Regen der vergangenen Wochen."

Helen lachte: „Feierlich muss das nicht sein, aber wir werden den Winter schon vertreiben; er hat lange genug gedauert. Ein Mittagessen wird es allerdings in der Hütte noch nicht geben." „Halb so schlimm, wir nehmen uns Brote mit und kochen erst gegen Abend", entgegnete Andreas. „Brot wäre nicht schlecht", protestierte Helen, „wenn wir denn welches hätten. Oder warst du gestern noch beim Bäcker?" „Bei der süßen Rosi?" Schuldbewusst zog Andreas seine Schultern ein. Er hatte natürlich das Einkaufen glatt vergessen, aber es gingen zu viele andere Gedanken durch seinen Kopf. Da konnte sowas schon mal vorkommen.

Und dann ging es los. Stillschweigend schritten sie nebeneinander her. Es waren immerhin über fünf Kilometer bis zur ersten Steigung. Sie wussten jedoch, dass sie es bei diesem Tempo schaffen konnten, bis zum Mittag oben zu sein. Als sie das letzte Mal hinauf marschierten, war September, und eine größere Menschenmenge war damals unterwegs gewesen, um die letzten Strahlen der Herbstsonne zu genießen. Heute war der vertraute Fußweg menschenleer. Helen begann zu träumen: „Im nächsten Jahr werden wir auf diesen Wanderungen unser Kindchen mitnehmen. Wir werden uns einen Tragegurt kaufen. Ach, das wird wunderbar", freute sie sich. Andreas stapfte weiterhin schweigsam und gedankenverloren neben ihr her. Der Waldboden war aufgeweicht vom Regen, doch er führte geradewegs zu einer Lichtung. Vor dort aus konnte man normalerweise bereits das nackte Gestein des Erika-Felsens erkennen, jedoch heute versperrten dunkle Wolkengebilde die freie Sicht. Der Gipfel verbreitete daher eine eigenartige Stimmung, und von dem bläulichen Licht ging eine besondere Faszination aus. Da die Beiden bestrebt waren, nun rasch die letzte Steigung zu schaffen, hatten sie wenig Sinn für diese seltene Naturerscheinung. Sie kannten den Weg und hasteten dem Gipfel zu. Wie oft hatten sie diese Wanderung schon unternommen? Auf diesen Wegen hatten sie sich kennen- und lieben gelernt. Daher freuten sie sich jedes Mal aufs Neue auf diese besondere Wanderung und schritten auch diesmal in Erinnerungen versunken nebeneinander her. Andreas Augen leuchteten, und immer wieder schweifte sein Blick nach oben. Jedoch wurde ihnen an diesem Sonntag zunehmend der Weg erschwert, denn der Pfad, der auf den Berg hinaufführte, war durch den Regen der letzten Tage aufgeweicht. Deshalb waren auch keine anderen

Spaziergänger unterwegs. Trotz aller Unbekümmertheit zauberte dies bei Andreas eine winzige Sorgenfalte auf seine Stirn. Der Gipfel lag in einer Nebelwand vor ihnen – kalt und irgendwie bedrohlich. Und dann frischte der Wind auf und schickte sich an, sich zu einem ordentlichen Frühjahrssturm auszuweiten. Er blies den Beiden frontal entgegen, so dass ihnen der Weg nach oben zunehmend erschwert wurde. Dabei lag das Ziel unmittelbar vor ihren Augen, allein es war kaum erkennen, denn es wurde durch die Wolkendecke völlig umhüllt. Andreas hielt kurz inne um sich zu orientieren. Diese Naturgewalten sollten ihn nicht davon abhalten die letzten Meter zu bezwingen. Er lachte böse: Sollen sie doch kämpfen – miteinander – gegeneinander. Der Winter will mal wieder nicht weichen, doch dieser Kampf wird ihn vernichten. Und laut sprach er: „Es wäre doch gelacht, wenn wir die letzten Meter nicht packen würden."

Und wie zu seiner eigenen Bestätigung: „Diese Wetterkapriolen sind schließlich nicht ungewöhnlich für die Jahreszeit."

Helen nickte zustimmend. Auch für sie kam ein Aufgeben nicht in Frage, nicht jetzt so kurz vor dem Ziel. Mit verstärkten Kräften schickten sie sich also an, die Aussichtsplattform zu erklimmen, mitten durch die sich anschwellende Wolkendecke.

Doch auf einmal fuhren sie zusammen, denn die Wolken begannen sich zu entladen und entwickelten sich in Sekundenschnelle zu einem Wolkenbruch, der sein ganzes Potential unvermittelt auf sie herniedergoss. Kaum konnten sie die Hand vor Augen erkennen, doch unverdrossen stolperten sie vorwärts, rutschten mehrmals auf dem glitschigen Lehmboden aus, um sich letztendlich auf allen Vieren weiter fortzubewegen – unverzagt, immer noch in Richtung Gipfel.

Endlich oben angekommen peitschte ihnen der Regen mit solcher Wucht entgegen, dass sie beschlossen, unverzüglich den Rückweg anzutreten.

Eine Alternative blieb sowieso nicht.

Doch dann geschah das Unglück: In einer der zahlreichen Pfützen rutschte Andreas aus. Er versuchte sich an dem flachen Gestrüpp am

Abhang festzuhalten, strauchelte jedoch und wurde unbarmherzig in die Schlucht gerissen.

Halb betäubt sah Helen ihm hinterher und wie in Trance tat sie das einzig Richtige in dieser Situation: sie zog ihr Handy hervor und wählte die Notruftaste. Daraufhin schwanden ihr die Sinne.

Später konnte sie sich nicht einmal daran erinnern, wie lange sie auf die Bergrettung gewartet hatte. Völlig durchnässt saß sie auf der Erde, apathisch und stumm. Erst im Rettungsgurt des Helikopters löste sie sich aus ihrer Starre; ihr Bewusstsein kehrte zurück und zwar in Form von panischer Angst. Sie schrie so laut sie konnte und wollte damit gar nicht mehr aufhören. Noch als sie sich in der sicheren Flugzeugkabine befand fuchtelte sie mit den Armen wie wild um sich. Erst als sie ihren Mann etwas lädiert, aber augenscheinlich gesund, auf der Trage erblickte, begann sie sich zu beruhigen. Und dann weinte sie, aber die Tränen taten ihr gut. Nach einer Woche Klinikaufenthalt konnten die Beiden entlassen werden und wie ihnen versichert wurde, ganz ohne bleibende Schäden, Andreas noch mit Krücken und einem Gipsverband um sein linkes Bein, aber sonst überaus glücklich. Und immer wieder redeten sie von der abenteuerlichen Wanderung und ihrer großartigen und wunderbaren Rettung aus der Luft.

Mitten im Gewirr der Naturgewalten kündigte sich indes ein ganz anderes Wunder an und das nur durch ein leises Pochen. Dennoch war dieses überaus sanfte Anklopfen mächtiger als ein Sturm. Gewaltiger als ein Donnerschlag regte sich dieses unfassbare Glück in der Lautlosigkeit. Klein und zerbrechlich, doch unbeirrbar mit zarter Kraft offenbarte jeder neue Tag:

„Ich bin da, ich das neue Leben."

So verging der Sommer ziemlich rasch, aber als der Herbst ins Land zog, tröpfelten die Tage nur so dahin – langsam und schleichend. Helen studierte den Jahreskalender, als wäre dies die spannendste Lektüre, die ihr je untergekommen sei. Aber auch dieser längste und beschwerliche Herbst ging irgendwann vorbei; der Geburtstermin rückte näher. Längst war das Klinik-Köfferchen gepackt, und als bei Helen endlich die Wehen einsetzten war der erste Wintermonat angekommen. Es war Advent.

„Ein Junge, es ist ein Junge!" Die Hebamme strahlte, als hätte sie allein dieses Wunder vollbracht.

„Sie haben einen wunderschönen dicken Sohn bekommen."

In der Tat, der Kleine war das hübscheste und das prächtigste Baby, welches je das Licht der Welt erblickt hatte.

Andreas konnte sich kaum sattsehen an seinem süßen Gesichtchen.

Und dann entdeckte er ein winziges Muttermal auf der Schulter des kleinen Menschleins. Das kam ihm bekannt vor.

Das Muttermal hatte nämlich die Form einer Ellipse…

***

ROSA APRIL

In grauer Vorzeit, also vor langer, langer Zeit als die Erde noch eine Scheibe war, da gab es noch keine Elefanten und es gab auch keine Hundeschlitten. Es gab weder bekannte noch unbekannte Flugobjekte, und es gab keine Ameisen. Auch gab es keine eierlegenden Hennen. Es gab keine Eisenbahn, die Sachen oder Leute von einem Ort zum anderen hätten befördern sollen, und es gab keinen Wald. Noch nie hatte ein Fuhrwerk irgendwelche Falten in den Boden gestampft. Das Gesicht der Erdscheibe war daher ringsumher ebenmäßig glatt; lediglich ein paar verlorene Grasbüschel schauten ab und zu aus dieser Ebene hervor. Aber auf diesem blanken Erdenboden gab es damals bereits Hasen, große und kleine. Die großen Hasen hatten das Sagen, denn sie waren die Bestimmer. Die Hasenkinder hießen Dik, Blum, und Puk. Für diese gab es bunte Kugeln zum Spielen. Da buddelten die kleinen Hasen ihre Kugeln in das Erdreich ein, um sie zu verstecken, und so entstanden im Laufe der Jahrtausende kleine Gräben und Schlupflöcher.

An dieser Stelle hielt die Vorleserin einen Moment inne und schaute in die Runde, und sie sah in viele erstaunte Augen. Da musste auch die Vorleserin staunen. In der hintersten Reihe saßen Kim und Jenni, die Zwillinge ihrer Tochter. Die Beiden schienen nicht ganz bei der Sache zu sein, denn sie machten nur Quatsch, kniffen sich ständig in die Seite, stupsten sich und kicherten unentwegt ohne ersichtlichen Grund. Möglicherweise kannten sie die Geschichte bereits auswendig. Doch als die Vorleserin in deren große Augen blickte, wurde ihr ganz warm ums Herz. Da musste auch die Vorleserin leise kichern, und dann las sie weiter aus ihrem großen Buch.

Eines Tages, so erzählte sie mit ihrer melodischen Stimme, *hatten die Hasenkinder alle ihre Kugeln versteckt. Keine Kugel war übriggeblieben, nicht eine Einzige, und weil sie nun nichts mehr hatten, womit sie spielen konnten, wurden sie sehr traurig. Die großen Hasen waren ratlos, weil es auf den weiten Flächen der Erdoberfläche keine anderen Spielsachen gab. Daher setzten sie sich zu einem Kreis zusammen und überlegten lange, wo sie neue Kugeln herkriegen konnten. Sie* klügelten irre Pläne aus, welche sie jedoch gleich wieder verwarfen, weil diese völlig abwegig waren und somit undurchführbar. Je länger sie nachdachten, desto trauriger wurden nun auch sie. Derweil quengelte Puk ununterbrochen, denn er war der kleinste. Er sah etwas anders aus, als seine Geschwister, denn er hatte helle Streifen auf seinem Rücken, weshalb er manchmal von den anderen „Streifenhase" genannt wurde. Daher spielte er oft für sich allein. Streifenhase vermisste die Kugeln am meisten. Dik und Blum waren ungeduldig und hätten sich am liebsten gleich auf den Weg gemacht um neue Kugeln zu suchen. Die großen Hasen waren mittlerweile derart genervt, dass sie gerne die Wünsche der Kinder erfüllt hätten, aber sollte man wirklich die Heimat verlassen? Und wer wusste schon, ob es anderswo überhaupt Kugeln gab. Was sollten sie tun? Hier konnten sie auch nicht mehr bleiben. Sie sahen ein, dass ihnen gar nichts anderes mehr übrigblieb, und so entschieden sie sich schließlich für eine Reise mit unbestimmtem Ziel. Und dann kam der große Tag für den Abmarsch. Damit sie nicht im Kreis laufen würden, orientierten sie sich an ihrem einzigen Wegweiser, den sie kannten, der Sonne. Und so hoppelten und hüpften sie immer geradeaus der aufgehenden Sonne entgegen und machten einen Purzelbaum nach dem anderen. Die Häschen waren furchtbar ausgelassen und freuten sich, denn nun waren sie endlich wieder beschäftigt. Blum und Puk vergaßen dabei sogar ihre geliebten Kugeln. Nach einer Weile begannen sie mit einem Wettlaufen. Mit ihren flinken Hinterbeinen waren sie natürlich wendiger und viel schneller als die großen Hasen, die ihnen nur hechelnd hinterher hoppeln konnten. Danach probierten sie Weitspringen. Noch größeres Vergnügen bereitete ihnen die hohen Luftsprünge. Außer Rand und Band konnten sie gar nicht mehr damit aufhören. Für die großen Hasen war es die reine Freude ihnen dabei zuzusehen. Nur Streifenhase meckerte andauernd, und stolperte über seine eigenen krummen Beinchen. Zu allem Übel wurde er deswegen auch noch von Dik und Blum ausgelacht. Schließlich musste der größte Hase eingreifen und für Frieden sorgen. Dabei beschlichen die Hasen zunehmend ganz andere Sorgen, denn sie fürchteten, bei dem Tempo schneller als ihnen lieb wäre an den Rand der

Erdenscheibe zu gelangen und in den Abgrund zu fallen. Vor Tag zu Tag wurden sie verzweifelter und sahen mit großer Sorge den Purzelbäumen der Hasenkinderchen zu. Trotzdem waren sie wild entschlossen, sich ihre Ängste nicht anmerken zu lassen. Dies wurde jedoch schwieriger, je länger man unterwegs und demzufolge näher an einem möglichen Abgrund. Sie konnten an nichts anderes mehr denken, als daran wie sie die kleinen Hasen schützen könnten. Jedoch, was sollten sie tun? Die Jungen waren kaum zu bändigen, und sie wollten doch deren Freude nicht zerstören. Weil die Hasen nicht mehr weiterwussten, beschlossen sie, sich wieder einmal zu einem Kreis zusammenzusetzen um nachzudenken. Sie überlegten und überlegten, ließen die Sonne fünfmal auf- und wieder untergehen, bis sie endlich ihren Kreis auflösten. Offenbar hatten sie sich zu einem Entschluss durchgerungen. Der größte Hase hielt hernach eine großartige Rede, die mit den folgenden Worten begann:

„So, das wars für heute", sagte die Vorleserin verschmitzt und legte das Buch beiseite. Es war ihr das größte Vergnügen an einer besonders spannenden Stelle mit dem Lesen aufzuhören. „Morgen ist auch noch ein Tag." Doch diesmal hatte sie diese Rechnung ohne das Gezeter ihrer kleinen Zuhörer gemacht. Die Zwillinge waren sich mit ihrem Protest mal wieder total einig und jammerten in einem fort. Aber diesmal nützte es ihnen nichts. Es war spät geworden, und die Kinder mussten nach Hause. Auch die Vorleserin wollte heim. Schließlich gab es nach ihrem Halbtags-Job im Kindergarten noch einiges zu tun. Kurzerhand schnappte sie daher Kim und Jenni, und ohne weitere Diskussion traten sie gemeinsam den kurzen Heimweg an. Zuhause angekommen galt es als Erstes, die Kinder zu füttern Rasch schlug sie ein paar Eier auf, schälte einen Apfel um einen Riesenpfannkuchen zu backen. Sie danach ins Bett zu bringen, war ungleich schwieriger, doch auch dies gelang ihr ausgesprochen gut. Die Eltern der beiden hatten heute Spätdienst in der Klinik und kamen demzufolge erst gegen 23 Uhr zurück. Um Mitternacht begab sich die Vorleserin nach nebenan in ihr neues Tiny House. Gerade war sie eingeschlafen, da erschrak sie, denn es schellte an ihrer Haustür. Dieses Schellen brachte sie beinahe aus der Fassung, denn sie glaubte, diesen Ton schon einmal gehört zu haben. Völlig perplex blickte sie erst einmal durchs Fenster, aber sie konnte niemanden sehen, und dies, obwohl der Mond prall und voll über den hohen Tannen thronte, der erste Frühlings- Vollmond in diesem Jahr. Am Sonntag ist Ostern, kam es ihr in den Sinn, und dann taumelte sie schlaftrunken wieder zurück ins Bett. Als es später in der Nacht erneut klingelte, dachte sie im ersten Moment an eine Täuschung. Trotzdem stand sie auf, und was sah sie? Einen gespenstisch großen Schatten, der bis zur Hauptstraße reichte. Das konnte kein Mensch sein. Immer noch ein wenig benommen öffnete sie das Fenster – an die Eingangstür traute sie sich nicht – aber dann stellte sie fest, dass der Mond ihr dieses schemenhafte Gebilde zuspielte. Es war der Schatten der einzigen Konifere im Garten, ein Lebensbaum. Doch woher kam dieses laute Schellen? Das kam ihr bekannt vor; das hatte sie doch schon einmal gehört.

Unwillkürlich gingen ihre Gedanken zurück, zu einem ganz bestimmten Tag.

Die Abschlussfahrt vor den Osterferien der Grundschule führte damals nach Stuttgart. Und dann befand man sich oben auf dem Fernsehturm, als Mike sämtliche Mitschüler mit einer kupferfarbenen Klingel erschreckte. Sie hatte genau gesehen, dass er diese am Vormittag vom Tisch des Speisesaales in der Jugendherberge geklaut hatte. Solche Schellen gab es auch für die Messdiener in der Kirche. Nun machte er sich damit furchtbar wichtig - was ihm bei ihr voll gelang. Sie erinnerte sich ganz genau an diesen einen Moment. „Gugge mól dó runna", raunte er ihr zu. Er konnte seine schwäbische Herkunft nicht verhehlen. Dabei kam er ihr gefährlich nahe, „wie klään die Autos sinn, wie Spielzeuchautos." Und immer wieder hielt er ihr das Gerassel der Klingel ans Ohr, wohlwissend, dass sie den Diebstahl bemerkt hatte. Wollte er ihr drohen? Doch sie hätte ihn nicht verraten – nie und nimmer, denn sie fand ihn total faszinierend. Mike war toll; er war so höllisch mutig, und außerdem sah er wahnsinnig gut aus. Dass er sich plötzlich für sie interessierte, versetzte ihr ein Hochgefühl, das ebenso neu wie prickelnd war und dass ihr bisheriges Leben in den Schatten stellte. Seit jenem Tag verlor sie sich immer öfter in Tagträume, und Fantasie und Wirklichkeit verwoben sich miteinander zu einem wunderbaren Geflecht.

Das war lange her, und sie hatte viel erlebt seit dieser Zeit. Sie war erwachsen geworden, zumindest nach außen hin, aber noch immer konnte sie das starke Gefühl von damals nachempfinden, denn - eigentlich war sie noch dieselbe - ein Kind an der Schwelle zum Erwachsenwerden. Das konnte natürlich niemand wissen, und das war gut so, denn das sollte ihr Geheimnis bleiben. Vermutlich hatte sie deshalb den Beruf der Kindergärtnerin erlernt. Wenn sie nämlich auf dem niedrigen Schemel saß um in eine ihrer zahlreichen Geschichten einzutauchen, dann wurde sie ein Teil dieser Rasselbande. Dann durfte sie wieder ein kleines Kind sein, und dies war für sie das Größte. Für die Kleinen war sie nur „die Vorleserin."

Sei`s drum, sie wollte jetzt noch ein wenig schlafen. Indes, ihr morgiger Arbeitstag begann erst um 14 Uhr. Sie überlegte nicht lange, und dann entschied sie, sich noch ein wenig in die Traumwelt ihrer Jugend zu flüchten.

Es tat so unendlich gut.

Sie hatte Mike nach der Schulzeit aus den Augen verloren, ihn jedoch nie vergessen…

Später, viele Jahre später lernte sie Ralf kennen. Nachdem Ralf nicht mehr lebte, stieg sie wieder in ihren Beruf ein.

Als sie aufstand um ein bisschen in ihrer winzigen Küche herum zu werkeln, zeichnete sich am östlichen Himmelsgewölbe bereits ein orangefarbener Sonnenaufgang ab. Nun galt es für sie, die Zeit bis zum Nachmittag zu überbrücken. Bei dem schönen Frühlingswetter interessierten sich die Kinder heute freilich nicht für das Vorlesen von Geschichten. Viel lieber wollten sie draußen herumtoben. Die Vorleserin gab gerne nach, und also ging es zum ersten Mal seit langem wieder im Gänsemarsch zu dem großen Waldspielplatz. Nach den dunklen Wintermonaten tat die frische Luft besonders gut. In der folgenden Nacht schlief sie tief und fest. Tags darauf, es war der letzte Tag vor den Osterferien, schüttete es bereits in der Frühe wie aus Kübeln, ein Frühlingsregen, der seinem Namen alle Ehre machte. Da wollte man keinen Hund vor die Tür lassen. Die Vorleserin freute sich auf eine gemütliche Lesestunde. Am Nachmittag nahm sie ihr Lieblingsbuch zur Hand und begann:

„Fest steht, hier können wir nicht bleiben", gab der große Hase gerade bekannt und baute sich so auf, dass er noch größer erschien als er in Wirklichkeit war und alle anderen überragte. Als Einziger hatte er bemerkt, dass die Grasbüschel nahezu alle abgenagt waren. Daher kamen seine Worte ziemlich energisch herüber. Die anderen Hasen waren beeindruckt. Die meisten hielten sogar kurz die Luft an und vergaßen beinahe weiter zu atmen. Insgeheim mussten sie ihm Recht geben, und sie nickten immer wieder mit dem Kopf, so dass ihre langen Ohren hin und her wackelten. Der große Hase fühlte sich als ihr Anführer bestätigt und holte nun noch weiter aus. Würdevoll erklärte er dies und das und wollte gar nicht mehr aufhören mit den Erklärungen. Seine Hasenrede hörte sich voll vernünftig an, doch als er endlich zum Ende kam, wusste keiner mehr, was er am Anfang gesagt hatte. Die kleinen Hasen wollten gar nicht mehr aufhören, mit ihren Ohren zu wackeln, und sie machten damit

ordentlich Wind. Und weil sie das so lustig fanden, begannen sie damit, aus lauter Übermut sich gegenseitig in die Seite zu boxen. Die großen Hasen konnten darüber überhaupt nicht schmunzeln. Sie hatten Angst, dass sich die kleinen Hasen gegenseitig verletzten. Eilig beschlossen sie aufzubrechen. Im Nullkommanix wurde bestimmt, dass zwei von ihnen vorauslaufen sollten um Ausschau nach dem Rand der Erdscheibe zu halten. So wäre man immerhin rechtzeitig gewarnt und könne nicht in den Abgrund fallen. Da klatschen alle mit ihren Pfoten, denn sie waren erleichtert. Hastig wurden zwei erfahrene Hasen ausgesucht, die sich auch sogleich auf den Weg machten. Mit einem gewissen Abstand hoppelten die anderen hinterher. Es war ein langer Tag, und als es Abend wurde, legten sie sich zum Schlafen nieder. „Ich kann nicht schlafen", sagte der kleine Streifenhase und hopste hin und her.

Der Anführer-Hase sagte:

„Du musst aufhören mit dem Hopsen und dich fein flach auf die Erde legen, dann kannst du schlafen."

Da legte sich der kleine Hase fein flach auf die Erde und sagte: „Ich kann nicht schlafen."

„Du musst deine Glubschaugen feste zukneifen, und du musst muckshasenstill sein, dann kannst du schlafen", sagte der große Hase.

Da kniff Puk seine Hasenäuglein zu, war muckshasenstill, und da schwebte auf einmal die Hasentraumfee auf ihn zu und zeigte ihm das Hasentraumland.

Am nächsten Morgen schlug der kleine Hase die Augen auf und sagte:

„Ich kann nicht schlafen."

Da mussten alle ganz laut lachen, und der Anführer sagte:

„Du sollst auch nicht mehr schlafen, wir müssen hoppeldipopp weiterziehen."

Die Vorleserin machte eine Pause und blickte in die Runde. „Wie geht es denn jetzt weiter", fragte eines der größeren Kinder. Da überlegte die Vorleserin, ob sie die Geschichte heute noch bis zum Ende lesen sollte.

„Ich muss aufs Klo", sagte Torben und sauste auch schon aus dem Zimmer. Er schien es ziemlich eilig zu haben. Als alle wieder auf ihren

Stühlchen saßen, griff die Vorleserin von Neuem zu ihrem Buch und las:

So zogen sie dahin, noch viele Tage und Nächte, aber das Ende der Erdenscheibe erreichten sie nie. Das Seltsame war, dass sich irgendwann das Gelände verändert hatte, denn es gab ab und zu kleine Gräben und Schlupflöcher über die sie stolperten. Sie schnüffelten das ganze Feld ab, und auf einmal kam ihnen die Gegend bekannt vor. Das fanden sie kolossal verwunderlich, denn sie waren doch immer in die gleiche Richtung gelaufen... Da stellten selbst die großen Hasen ihre langen Ohren steil in die Höhe. Schlagartig erkannten sie ihre alte Heimat wieder. Die kleinen Hasen begannen damit, in der Erde zu graben, so wie sie das schon immer gemacht hatten und wie sie es gewohnt waren. Als Erster hatte Puk eine Kugel ausgebuddelt. Voller Freude schrie er so laut er konnte. Sogleich stürzten die anderen herbei, und nun gab es kein Halten mehr. Mit vereinten Kräften wühlten sie im lockeren Erdreich und gruben viele neue Kugeln aus dem Boden...

Oder waren es vielleicht ihre eigenen Kugeln, die sie vor langer Zeit dort vergraben hatten?

Draußen warteten bereits die Ersten, um ihre Kinder abzuholen. „Ist es denn schon so spät?", wunderte sich die Vorleserin.

Die Zwillinge waren ungewöhnlich still. Waren sie müde? Jedenfalls ging es nun ganz fix nach Hause. Wieder in ihrem kleinen Haus angekommen, begann die Vorleserin damit, noch einiges für das kommende Osterfest vorzubereiten.

Ob es Geschenke geben würde – vielleicht bunte Kugeln aus Schokolade?

Sie lächelte.

Da auf einmal schellte es - laut und vernehmlich. Und wieder einmal traf sie der wohlbekannte Schall bis in ihr Innerstes, und urplötzlich wurde ihr bewusst, dass sie ihr halbes Leben auf dieses Klingeln gewartet hatte. Dieser Tonfall hatte sich in ihrer Seele eingebrannt und in all den Jahren nicht verändert.

Jedoch, an ihrer Haustüre gab es keine Klingel…

***

GRÜNER MAI

Lea konnte fliegen. Leicht wie eine Feder schwebte sie hoch über den Baumkronen und durchbrach alle Naturgesetze.

Leider war dieser schöne Traum nur kurz, viel zu kurz. Als sie ihre Augen aufschlug, war sie sogleich hellwach. Ein einziger Gedanke schoss durch ihren Gehirnkasten - nur ein Wort: *Morgen*. Bis dahin musste sie ausharren und sich gedulden. Enorm schwierig, denn Geduld war noch nie ihre Stärke gewesen. Zunächst galt es aber, den heutigen Tag überstehen. Ihre Eltern waren beruflich stark eingespannt und bereits unterwegs. Lea war somit früh selbständig geworden. Sie genoss es, dass ihr keiner in ihre persönlichen Angelegenheiten hineinredete, geschweige denn, sie mit irgendwelchen unnützen Vorschriften überhäufte, so wie sie dies des Öfteren in anderen Familien beobachten konnte. Gewohnheitsmäßig machte sie sich schulfertig und verließ das Haus.

Allerdings später im Klassenraum gelang es ihr nicht mehr, die Füße unter der Bank stillzuhalten. Unentwegt trippelte sie auf dem grau gefliesten

Fußboden der 10b und träumte sich in alle Einzelheiten der vergangenen Mai-Nacht hinein.

In dieser Nacht hatte Ronny ihr die neuen Tanzschritte beigebracht. Ronny, der Schwarm der gesamten Schule, Ronny, der sie vorher überhaupt nicht beachtet hatte, Ronny, ihr absoluter Traumtyp war bisher leider viel zu oft von anderen Mädchen umlagert. Mädchen? Dumme Gänse!

Dabei war sie seit Ewigkeiten verknallt in ihn, aber so richtig. Jedes Mal, wenn er auf den Schulhof kam - meistens als Letzter - setzte ihr Herzschlag aus, ihre Finger begannen zu zittern, doch das Schlimmste, das Blut strömte in ihren Kopf. Dagegen war sie völlig machtlos, jedoch aus Angst ausgelacht zu werden, versuchte sie sich nichts anmerken zu lassen. Das durfte niemand wissen. Nicht einmal ihrer besten Freundin erzählte sie von ihrem heimlichen Schwarm. Der Grund war, dass ihr Stolz sie daran hinderte zuzugeben, dass Ronny sie bisher überhaupt nicht beachtet hatte. Nicht mal einen einzigen Blick - geschweige denn ein Wort hatte er für sie übriggehabt.

Und nun das!!! Auf einmal schien alles anders. Die ganze Welt hatte sich verändert. Nachdem am frühen Abend der Maibaum gesetzt war, und die bunten Bänder sich mit dem jungen Grün der Birke vermischten um im Abendhimmel fröhlich zu flattern, gab es den traditionellen *Tanz in den Mai*. Für Lea begann die Nacht der Nächte. Es war unglaublich! Immer wieder tanzte er mit ihr - nur mit ihr Als es dunkel wurde, hielt er sie so eng an sich gepresst, dass sie seinen heißen Atem spüren konnte. Losgelöst von allem Irdischen schwofte sie mit ihm über das Brettergestell, welches auf dem morschen Waldboden aufgestellt war und als Tanzfläche diente. Danach - sozusagen als Krönung an diesem Abend - dieser Beinahe-Kuss auf dem Nachhauseweg. Phänomenal! Fühlte sich so die wahre Liebe an? Dann der absolute Hammer: Ronny wollte sich am Samstagabend wieder mit ihr treffen, um halb sieben an der Bushaltestelle *Lachwald*. Es klang vielversprechend, als er ihr dies leise ins Ohr flüsterte und - so romantisch!
Ronny! Immer wieder Ronny!
Oh, wie sie ihn liebte!

Nun fieberte sie dem Wochenende entgegen und konnte keinen anderen Gedanken zulassen. Wie sollte sie bloß die Zeit bis dahin herumkriegen? Die letzten Stunden sind bekanntlich die längsten, und bis Morgen, oh je, das dauerte ja noch ewig. Die strafenden Augen des Herr Wagner bemerkte sie erst, als sie von diesem schroff zur Ordnung gerufen wurde. „Bitte etwas mehr Konzentration!" Noch nie war ihr die Stimme des Lehrers derart hölzern vorgekommen. Ronnys Stimme war wie Samt, wie schwarzer weicher Samt. ♥

Wagner, der Deutsch-Lehrer, na ja, was wusste der schon, was in der verliebten Seele einer 15jährigen Schülerin vor sich ging. Der liebte allenfalls die archaische Literatur und wirkte stets, als wäre er selbst übrig geblieben aus einer früheren Zeit, oder aber als Mumie wieder auferstanden. Lea versuchte sich Wagner als Mumie vorzustellen. Bei diesem Gedanken musste sie unvermittelt in sich hinein grinsen, doch sie merkte gleich, das ging gar nicht; sie fühlte sich beobachtet. Wagner hatte seine Augen überall. Immerhin half ihr diese Spinnerei über die ungeliebte Deutschstunde hinweg. Und abermals hieß es warten, warten auf den Tag der Tage. Immerhin konnte sie den heutigen Nachmittag für ihre private Modenschau nutzen, denn es war megawichtig, in welchem Outfit sie ihn treffen würde. Sie konnte sich jedoch weder zu einem Kleid noch zu der üblichen Jeans mit einem Shirt entscheiden. Das Ende von Lied war, dass sich binnen kurzem das gesamte Innenleben ihres Kleiderschrankes auf dem Fußboden befand. Immer noch unschlüssig schwankte sie zwischen ihrem schwarzen Wollkleid, in dem sie sich besonders apart fand, oder aber... Nach ausgiebigeren Überlegungen entschied sie sich entnervt für den roten Pulli mit dem Schalkragen. Dazu würden nämlich ihre neuen Schuhe ganz gut passen. Auf dem Fußboden hockend versuchte sie sich zu entspannen. Sie schlug die Beine übereinander wie zu einem Yoga-Sitz. Jedoch ihre Glieder waren derart kribbelig, so dass sie es in dieser Position nicht lange aushielt. Immerzu musste sie aufstehen, und dann tänzelte sie ausgelassen durch das Zimmer. Tanzen, ach tanzen wäre himmlisch! Ob er wieder mit ihr tanzen würde? Ob er sie morgen richtig küssen würde? Und dann? Was kam danach? Lea vermochte sich das *Danach* nicht auszumalen. Dazu reichte ihre Fantasie nicht aus, obwohl sie sich schon immer gern in unterschiedliche Situationen hineingeträumt hatte. Doch nun überwog ihre Ungeduld alle Tagträume, und deshalb griff sie zu dem einzig hilfreichen Mittel, das ihr einfiel:

Sie versuchte zu schlafen. Das half ihr stets um bei irgendwelchen Problemen das Denken auszuschalten.

„Schlafen ist gut", sagte sie sich, „da vergeht die Zeit am schnellsten."

Mitten in der Nacht erwachte sie. Sie hatte wieder geträumt und erinnerte sich genau, denn diesmal war es einer jener Träume gewesen, welche überaus intensiv ein Gefühl von Wirklichkeit vermittelten, ein Klartraum.

Es war ein schöner Traum.

Sie befand sich in einem Wald. Die Luft schmeckte würzig nach Bärlauch und auch ein wenig nach Waldmeister. Der Waldboden war besät mit Maiglöckchen und weißen Kuckucksblumen. Während ihr Blick sich nach oben richtete bis zu den Wipfeln der Bäume, da geschahen auf einmal merkwürdige Dinge. Der Mond schob sich zwischen die Wolken und seine große Scheibe verbreitete sein silbernes Licht. über dem dunkeln Wald. Sie sah, wie sich die Kronen der Bäume in die Höhe reckten, höher und immer höher, und dann berührten sich die Spitzen gegenseitig, so als wollten sie sich umarmen. Plötzlich begannen sich die Bäume zu drehen, einer nach dem anderen. Sie tanzten nach einer Melodie, welche so schön war, dass Lea sie nur erahnen konnte und die von den Sternen zu kommen schien. Der Wald fiel in einen Freudentaumel. In festlichen Roben tanzten Tannenbäume mit den Birken und die Eichen mit den Buchen, und es wog und drehte sich alles. Die Tiere des Waldes tanzten mit, und selbst die Sträucher und die Blumen reckten ihre Hälse und bewegten sich im Wind. Feen und Elfen in weißen Gewändern traten aus dem Nichts hervor und säuselten leise, so dass auch Lea nicht länger nur zuschauen konnte. Sie wurde ein Teil dieser berauschenden Feier, und sie drehte sich zu dieser Musik, die auch sie jetzt vernahm. Sie hüpfte und tanzte sich schier die Seele aus dem Leib. Der Mond, der über allem wie ein gutmütiger Vater thronte, schickte seine Silberstrahlen in verschwenderischer Fülle über den wogenden blühenden Wald.

„So ein Quatsch", brummelte sie noch im Halbschlaf vor sich hin und drehte sich zur Seite. Die Uhr zeigte gerade mal halb drei, aber durch den Traum war sie aufgewühlt und befürchtete in dieser Nacht keine Ruhe mehr zu finden. Jedoch der Schlaf war stärker; der Schlaf ist immer stärker, und er ließ diese Nacht gnädig vorübergehen. Bereits zwei Stunden vor der geplanten Verabredung stand sie fix und fertig auf der Matte und wusste mal wieder nicht, wie sie die Zeit bis dahin überbrücken sollte. Die letzten zwei Stunden konnten eine halbe Ewigkeit bedeuten, doch was sollte sie tun? Sie konnte sich doch jetzt noch nicht auf den Weg machen und an der Haltestelle ewig auf ihn warten. Oder? Der Weg dauerte höchstens fünf Minuten - ein Klacks. Hm, sie überlegte. Vielleicht war er aber schon dort. Am Ende hielt sie es zuhause nicht mehr aus, schloss bereits kurz nach sechs Uhr die Tür hinter sich und begab sich eilig auf den kurzen Fußweg. Ob er bereits auf sie wartete? Sie war so furchtbar aufgeregt, dass sie die letzten Meter im Laufschritt zurücklegte. Doch Ronny war noch nicht da. Logisch, es war noch viel zu früh. Sie hätte sich ohrfeigen können für ihre Ungeduld. Da sie sich ihre Aufregung nicht eingestehen wollte, beschloss sie, nicht an dieser Stelle zu warten, sondern ein paar Schritte weiter in den Wald hinein zu schlendern, natürlich immer mit einem Blick zurück. Aber die Zeit verging, und als er um halb acht immer noch nicht zu sehen war, machte sie sich schweren Herzens auf den Rückweg. Sie war totunglücklich, aber ihr Stolz verbot ihr, ihn anzurufen. Zuhause legte sie sich auf ihr Bett und weinte. Sie weinte die halbe Nacht, und am nächsten Morgen, es war ein Sonntag, wollte sie gar nicht aufstehen. Sie wollte auch nichts essen, blieb in ihrem Bett liegen und wartete auf irgendein Zeichen, auf einen Anruf. Vergeblich, denn es geschah nichts. Der Unterricht am darauffolgenden Montag war der reinste Horror. Sie hatte Ronny gleich auf dem Schulhof entdeckt. Es war alles wie immer. Er war wieder von den verrückten Gänsen belagert und hatte keinen Blick für sie. Nach Schulschluss nahm sie sich ein Herz und sprach ihn an. Sie konnte nicht anders, denn diese Frage brach aus ihrem Innersten heraus, ganz von alleine.

„Warum bist du nicht gekommen?", fragte sie.

Und was antwortete er?

Keine Entschuldigung. Nichts. Er lachte laut, lachte sie aus und hörte gar nicht auf. Blitzartig erkannte sie, dass Ronny sie nur veralbert hatte. Er machte sich über sie lustig, und das war das Allerschlimmste, was er ihr antun konnte. Wahrscheinlich stellte er sie jetzt vor den anderen bloß und erzählte überall herum, wie naiv sie gewesen war. Sie drehte sich daher abrupt um und rannte Hals über Kopf nach Hause. Wie war es möglich, dass sie auf seine Sprüche reingefallen war? Sie schämte sich, war so verletzt, dass sie nicht einmal ihrer besten Freundin von dieser Niederlage erzählte. Zuhause versuchte sie ihre niedergedrückte Stimmung so gut es eben ging zu verbergen, indem sie sich fast nur noch in ihrem Zimmer aufhielt. Aber das half nur vorübergehend; sie musste schließlich in die Schule. Das war sehr unangenehm, denn sie hatte das Gefühl, dass ständig über sie getuschelt wurde. Vielleicht täuschte sie sich, doch eigentlich wollte sie es gar nicht so genau wissen; das könnte sie nämlich nicht aushalten. Sie dachte ernsthaft darüber nach, die Schule zu wechseln, aber mitten im Schuljahr ging das natürlich nicht. Daher machte sie sich mit dem Gedanken vertraut, ab dem kommenden Herbst die Oberstufe in einer anderen Stadt zu besuchen.

An den folgenden Tagen trat zwar eine gewisse Normalität ein, aber die Blamage lastete schwer auf ihr. Sie konnte Ronny nicht vergessen. Allerdings verwandelte sich Ihre anfängliche Verliebtheit zunehmend in Enttäuschung und sogar in Hass. Immer wieder fragte sie nach dem *Warum*. War sie nicht hübsch genug? Das Gefühl, dass mit ihr etwas nicht in Ordnung wäre, kannte sie bisher nicht. Doch neuerdings stellten sich zunehmend Minderwertigkeitskomplexe ein. Vielleicht war sie zu dick. Daher beschloss sie weniger zu essen, oder - noch besser - einfach zu fasten und gar nichts mehr zu essen. Das fiel ihr nicht schwer, da ihr gesunder Appetit seit dieser Nacht eh gelitten hatte. Sie magerte ab und zog sich immer öfter in ihre sichere Traumwelt zurück, denn da konnte ihr nichts geschehen. Das glaubte sie zunächst. Doch leider waren es verstärkt Albträume, die sie nun verfolgten und die ihr das Gefühl gaben, immer tiefer in einen Schacht zu stürzen. Ihre Eltern begannen sich Sorgen um ihre Gesundheit zu machen. In ihrer Hilflosigkeit versuchten sie daher ihre Tochter zu einem Arztbesuch zu bewegen. Etwas Besseres fiel ihnen nicht ein, jedoch Lea weigerte sich rigoros. Sie wusste schließlich am besten, dass sie nicht krank war. Sie ging Ronny aus dem Weg, doch logisch, war das nicht immer möglich.

Eines Tages, es war kurz vor den Sommerferien, befand sie sich auf dem Heimweg von der Schule, als sie aus der Scheune von Bauer Geldert lautes Gekicher vernahm. Das Tor stand sperrangelweit offen. Neugierig spähte sie hinein, und dann erblickte sie Ronny mit einer dieser blöden Gänse. Die beiden fühlten sich völlig sicher in ihrem Versteck und alberten ausgelassen herum. Lea merkte sofort, dass die sicher nicht zum ersten Mal hier waren. Ehe sie noch einen klaren Gedanken fassen konnte, spürte sie wie unverhohlener Zorn in ihr hochkroch. Dieses Gefühl war so neu, und sie konnte nicht anders, als dem blindlings nachzugeben. Sie ergriff das Erste das ihr in die Hände fiel, es war ein alter

Melkschemel aus Großmutters Zeiten, trat ohne Zaudern auf Ronny zu und schlug ihm diesen mit voller Wucht auf den Hinterkopf. Wie ein Sack Kartoffel ging Ronny zu Boden; das andere Mädchen floh schreiend aus der Scheune. Lea aber stand stocksteif und fühlte nichts als unsägliche Befreiung. Es kam ihr vor, als wäre eine zentnerschwere Last von ihr gewichen, und sie genoss diesen Zustand, der allerdings nur eine kurze Weile anhielt. Daraufhin wurde ihr schlagartig bewusst, was sie möglicherweise angerichtet hatte. Mechanisch bückte sie sich zu Ronny herunter und versuchte ihn zu aufzurütteln. Doch dieser lag ganz still und gab kein Lebenszeichen von sich. In diesem spannungsgeladenen Moment erblickte sie die Frau des Bauern Geldert, welche aus der hinteren Stalltür kam um die Tiere zu füttern. Frau Geldert, eine zutiefst praktisch veranlagte Person, begriff im Nu, dass hier dringend ein Arzt gebraucht wurde und hastete sogleich wieder zurück um einen Krankenwagen zu allarmieren.

Während der kurzen Fahrt in die Klinik schlug Ronny wieder seine Augen auf.

Lea war irgendwie erleichtert und sah nun keine Notwenigkeit mehr, weiter bei ihm zu verharren. Nach Erledigung einiger Formalitäten trabte sie nach Hause. Unvermittelt meldete sich ihr leerer Magen; sie empfand nun mächtigen Hunger, stellte den Herd an und begann zu brutzeln. Das konnte sie ganz gut. Darin hatte sie bereits Übung.

Als gegen Abend die Polizei an der Haustüre klingelte, fühlte sie sich neu gestärkt und durchaus in der Lage deren Fragen zu beantworten. Ronny musste wegen einer Gehirnerschütterung ein paar Tage in der Klinik verbleiben, aber er hatte zum Glück keine bleibenden Schäden zu befürchten.

Wenige Wochen später erhielt Lea eine Vorladung zum Jugendgericht…

***

GELBER JUNI

„Ich kann es nicht lassen,
du kannst es nicht fassen…"
Kuno Keil starrte auf den gelblichen Papierbogen,
doch die wenigen steilen Buchstaben
schwammen bereits jetzt schon vor seinen
Augen. Dabei sollte das nur die dichterische
Einleitung für einen altmodischen Brief an seine
Ehefrau werden; etwas Spaßiges, dennoch der
ungeschickte Versuch, ihr mit bewegten Worten
seinen derzeitigen Zustand zu schildern - der alles
andere als witzig war. Beim Schreiben fiel es ihm
halt leichter seine Gefühle zu formulieren, als
beim Reden. Mündliche Erklärungen bezeichnete
Bettina ohnehin verächtlich als Geschwafel.
Schon wenn er damit ansetzte, um ihr seine
missliche Lage zu verdeutlichen, fiel sie ihm ins
Wort und erstickte seine langatmigen Sätze
erbarmungslos im Keim. Daher blieb Kuno einzig
beim Niederschreiben seiner Nöte genügend
Muße und Spielraum zum Überlegen.

Andererseits wusste er sehr wohl, dass Bettina
diese Art der Kommunikation umständlich und
theatralisch fand. Sie war ein Mensch mit klaren

Ansagen, mochte keine weitschweifigen Erklärungen, schon gar nicht auf irgendwelchen Zettelchen oder Briefen. Während diesen trübsinnigen Betrachtungen fiel ihm unvermittelt der Stift aus der Hand. Sie hatte natürlich recht; sie hatte immer recht, und eigentlich wollte er ihr bloß imponieren und stets alles richtig machen. Leider gingen die kläglichen Versuche, ihr seine Sicht der Dinge aufzuzeigen, viel zu oft daneben. Er sah es ja ein; der Fehler lag eindeutig bei ihm. Er war nämlich viel zu wankelmütig und konnte sich nur schwer für eine bestimmte Richtung entscheiden. Bei seinen redseligen Ausführungen schwankte er ständig mal nach hier und bald darauf wieder nach dort. Nach diesen Überlegungen sank er förmlich in sich zusammen. Er zerriss das Blatt Papier und zerknüllte die Fetzen. Und wie so oft, resignierte er und verfiel in ungute Grübeleien. Er war eben ein Unglücksmensch, ein ewiger Verlierer. Egal, was er anpackte, es ging schief. Zum wiederholten Male fragte er sich, warum er nicht einmal, ein einziges Mal zu den Gewinnern zählten konnte. Manche Menschen stehen stets auf dem Siegerpodest, sinnierte er. Warum lief bei ihm so vieles quer? Er verfiel in Grübeleien. Warum war er allzeit vom Pech verfolgt und stolperte von einem Missgeschick ins nächste? Er glaubte an die Macht der Sterne und kam zu dem Ergebnis: Diese inneren Zwiespälte konnten nur seinem Sternzeichen entstammen. Am 16. Juni, im Zeichen der *Zwillinge* geboren wankte er Zeit seines Lebens zwischen himmelhochjauchzend bis hin zu tief betrübt. Ob das sein Schicksal war? Aber war es denn möglich, gegen die Natur anzukämpfen? Seine Zweifel wuchsen sich im Laufe der Jahre mehr und mehr aus und blieben seine ständigen Begleiter. Er konnte sich nie so voll und ganz für eine Sache entscheiden.

Wahrscheinlich hatte dies den Anstoß dazu gegeben, sich noch intensiver mit Horoskopen und den unterschiedlichen Charakteren der Sternzeichen zu beschäftigen. Dabei war ihm aufgefallen, dass die Unschlüssigkeit und das Zaudern besonders häufig bei dem Sternzeichen *Zwillinge* vorkommen. Ein Klischee? Oh nein! Innerlich gespalten, fühlte er sich häufig zwischen zwei Stühlen sitzend. Nun war alles klar. Auch dies war eine typische Eigenart, und so gesehen war er unschuldig und hilflos dem

Schicksal ausgeliefert. Die Astrologie nahm ihn daraufhin mehr und mehr gefangen und wurde zu einer Manie. Mittlerweile besaß er eine Menge einschlägiger Bücher. Manche Neuerscheinung wurde von ihm regelrecht verschlungen. Demzufolge hatte er sich ein großes theoretisches Wissen angeeignet. Er kannte sich aus mit dem Wandel der Jahreszeiten, der Stellung der Planeten und insbesondere mit den diversen Charakteren der einzelnen Horoskope.

In einer sternenklaren Nacht das Gestirn zu betrachten, war für ihn das Größte. Zu diesem Zweck hatte er sich ein Teleskop auf dem Dachboden aufgestellt und schlich sich oft heimlich nach oben.

Leider kam er viel zu selten zu diesen Beobachtungen. Bettina fehlte jeglicher Sinn für derartige Zeitverschwendungen, wie sie ihn spöttisch wissen ließ und holte ihn stets zurück in ihre reale Welt, welche gefühlskalt und ohne Romantik war. Seine Frau wurde im Zeichen des Löwen geboren, das Herrscherzeichen schlechthin, und daher fand er es völlig normal, sich ihr unterzuordnen.

Böse Zungen behaupteten, ein weiteres Merkmal bei Zwillingen wäre Unehrlichkeit und sogar Kleptomanie - natürlich reine Spekulation.

Oder steckte letzten Endes ein Fünkchen Wahrheit dahinter?

Das hatte er noch nicht herausgefunden.

Eins war indes sicher, es war für jedermann ein Leichtes ihn zu beeinflussen - auch für Max, seinen ehemaligen Schulkamerad. Es war ein unseliger Tag, als dieser unerwartet bei ihm aufkreuzte und ihn zu dem spektakulären Bruch in den Juwelierladen überredete. Max hatte leichtes Spiel bei dem zweiflerischen Burschen. Doch dann lief alles, aber auch alles quer...

Nun - er hatte seine Strafe wegen schwerem Diebstahl abgesessen; die zweite Hälfte wurde wegen guter Führung zur Bewährung ausgesetzt. Dabei war er einst so ein netter Kriminalist - früher einmal - was ihm im Knast die unverhohlene Achtung seiner Mitgefangenen entgegenbrachte. Sie nannten ihn Knacki-Kuno. An guten Tagen konnte er sogar Witze über seine Zeit im Einsatz-Bezirk WEST reißen. In der Tat war er ehemaliger Polizei-Anwärter mit guten Aussichten auf weitere Beförderungen.

Gottseidank war die Zeit hinter Gittern nun Vergangenheit.

Kuno hatte mittlerweile alles Unangenehme verdrängt, den damaligen Polizeieinsatz, das Gerichtsverfahren wegen Raub und Körperverletzung.

Seine Gedanken gingen zurück an den Tag seiner Entlassung.

„Tschüss Keil, und halt die Ohren steif." Dem diensthabenden Beamten der Strafanstalt Birkenhain fiel es offenbar schwer, sich von seinem Lieblings-Sträfling zu verabschieden. „Wenn nur alle so wären", ging es durch dessen Kopf", aber er konnte sich seine Insassen nicht aussuchen. Schließlich war diese Unterkunft hier kein Feriendomizil, und er war bedauerlicherweise kein Hotelier oder etwas ähnliches. Er war Vollzugsbeamter einer Strafanstalt, nicht mehr und nicht weniger. Gewiss verfügte er als solcher über gewisse Privilegien, jedoch sein Traumberuf war dies ganz und gar nicht. Daher pochte er seit Jahren auf eine Versetzung in den allgemeinen Verwaltungsbereich.

Seine Chancen standen nicht schlecht. Er war Optimist. Im Zeichen des Wassermanns geboren, gab er die Hoffnung auf einen Berufswechsel so schnell nicht auf. Und so wartete er Jahr für Jahr auf eine zufällige Stellenausschreibung. Zufälle unterliegen ja bekanntlich keiner Gesetzmäßigkeit, sagte er sich immer wieder, und bis dahin versuchte er seinen Job zu machen, so gut es eben ging. Kuno hastete den Flur entlang, als wäre der Leibhaftige hinter ihm her. Angst hatte er, panische Angst, wieder zurückgepfiffen zu werden. Aber es geschah nichts, und für eine kurze Weile kroch ein unbeschreibliches Gefühl von Freiheit durch seine Adern. Doch was nützte das? Als vorbestrafter Polizeianwärter war er in den Augen der Anderen unmöglich geworden, dazu arbeitslos, ohne Aussicht auf einen annehmbaren Arbeitsplatz; allenfalls auf Gelegenheitsjobs angewiesen. In dieser Situation konnte ihn auch das dumme Geschwätz seines Bewährungshelfers Toni nicht umstimmen, obwohl er einsehen musste, dass er dessen Hilfe benötigte, um überhaupt wieder Fuß zu fassen und in den allgemeinen Arbeitsmarkt integriert zu werden.

Als er das Sternzeichen dieses unverbesserlichen Optimisten herausfand, sah er sich wieder in seiner Anschauung bestätigt. Diese Frohnatur war im Zeichen *Fische* geboren. Und dieser Fische-Bewährungshelfer kam mit einem Arm voller Ideen. Viel mehr hatte er vorerst nicht zu bieten, doch eines Tages hielt er ihm das Stellenangebot eines Warenhauses vor die Nase, die Gelegenheit und eine Riesen-Chance, wieder annähernd in seinem ehemaligen Beruf zu agieren. Aber nicht nur das, denn er würde sicher wieder in der Gunst von seiner Frau steigen.

Fakt war, im Nachbarort wurde ein Kaufhaus-Detektiv gesucht. Was der Strahlemann Toni verschwieg war Folgendes: Dort war die Aufregung gewachsen, denn man war seit Monaten auf der Suche nach einem Ladendieb, der bereits einiges an Wertsachen ergaunert hatte. Dem bisherigen Hausdetektiv war es offenbar nicht gelungen den Dieb zu überführen. Man vermutete sogar, dass er selbst mit den Langfingern unter einer Decke steckte, aber das konnte man ihm nicht nachweisen. Trotzdem wurde ihm wegen Unfähigkeit kurzerhand der Job gekündigt.

Der Ladeninhaber war vorsichtig geworden und weigerte sich logischerweise, einen ehemaligen Strafgefangenen einzustellen, doch mit unwiderstehlicher Überzeugungskraft erreichte der Bewährungshelfer einen Termin für ein Einstellungsgespräch. Schließlich und endlich einigte man sich darauf, dass Kuno - nach erfolgreicher Probezeit - die Aussicht auf einen Dauerarbeitsplatz kriegen sollte. Nach langem Hin und Her war man dazu bereit, aber nur, falls es ihm gelingen sollte, den Ladendieb auf frischer Tat zu fassen. Hochmotiviert trat Kuno also diese Arbeitsstelle an. Er hatte keine Wahl, war auf den Job angewiesen und wusste, dass er alles verlor, wenn es ihm nicht gelänge, den Täter auf frischer Tat zu ertappen. Also musste er besser sein als sein Vorgänger. Das Kaufhaus war nicht sehr groß, aber es führte Markenartikel bekannter Hersteller, Waren des täglichen Gebrauchs aber auch Textilien. Die Kundschaft, überwiegend gehobene Mittelklasse war anspruchsvoll und legte Wert auf gute Beratung.

Kuno war hellwach. Und er legte sich auf die Lauer – rein bildlich gesprochen – auf der Suche nach vermeintlichen Ladendieben. Argwöhnisch beäugte er jeden Kunden. Seine Probezeit war bald vorbei, doch bisher hatte er keine Ergebnisse vorzuweisen. Eine auffällige Blondine hatte es ihm besonders angetan. Fast täglich kam sie ins Geschäft und beäugte die Auslagen. Unauffällig heftete sich Kuno an ihre Fersen. Er war gewiss, in Bälde würde er sie auf frischer Tat zu ertappen. Seine Urteilsfähigkeit, welche er sich im Polizeidienst antrainiert hatte, ließ ihn nicht im Stich. Langsam lernte er ihre Vorlieben für bestimmte Produkte kennen und bewunderte ihren guten Geschmack. Meistens ahnte er schon im Voraus, zu welchen Rubriken sie sich hingezogen fühlte. Manchmal sah sich die Frau in der Drogerieabteilung um, und danach schaute sie in der Schmuckabteilung begehrlich nach den dort ausgestellten Armbanduhren. Des Öfteren verschwand sie in der Umkleidekabine und probierte dort immer wieder ein paar Kleidungsstücke aus. Gekauft hatte die rätselhafte Schöne noch nie etwas. Wieso kam sie dann fast täglich in den Laden? Kuno wartete. Darin hatte er mittlerweile Übung. Das Warten hatte er im Knast gelernt. Könnte er diese Frau in flagranti erwischen – und er würde sie erwischen – das sagte ihm sein kriminalistisches Gespür, dann wäre ihm seine Arbeitsstelle gesichert. Doch bis es soweit war, wurde seine Geduld auf eine harte Probe gestellt.

Aber dann, an einem Mittwoch-Nachmittag geschah es, Kuno traute seinen Augen nicht – da ließ die Frau in der Schmuckabteilung eine ganze Palette mit wertvollen Silber- und Goldringen in ihre Tasche gleiten. Sie schien es nicht besonders eilig zu haben, denn sie schlenderte anschließend gemächlich durch die Kosmetikabteilung und besaß die Dreistigkeit mit einer kurzen Handbewegung ein teures Parfüm aus dem Regal in ihre Manteltasche gleiten zu lassen. Kuno folgte ihr beharrlich, verlor sie für einen kurzen Moment aus den Augen, doch schon bald konnte er beobachten, wie sie sichtlich zufrieden in Richtung Boutique stolzierte, um in der Kabine noch zwei T-Shirts anzuprobieren. Diese hängte sie anschließend jedoch wieder zurück an den Kleiderständer. Kuno frohlockte. Mittwoch war sein Tag, die Sterne hatten es ihm kundgetan; nun - endlich ein Erfolgserlebnis. Er musste der Frau hinterher. Heimlich verfolgte er sie bis zum

Ausgang, um ihr dort den Weg zu versperren. Er fuhr zu seiner Höchstform auf als er rief „Halt! Bleiben Sie stehen, denn ich habe Sie beim Ladendiebstahl erwischt. Folgen Sie mir unverzüglich ins Büro."

„Aber ich habe nichts gestohlen", beteuerte die Schöne mit einem Augenaufschlag, der ihm für einen kurzen Moment weiche Knie bescherte. Schmerzlich zog sich sein Herz zusammen, aber hier ging es um mehr. Es ging schlicht und ergreifend um seine Zukunft, und so tat er, was er tun musste. Die Polizei war rasch zur Stelle, jedoch fanden diese weder die gestohlenen Ringe noch das Parfüm bei der Frau. Das war ein Rätsel, ein Unding, obwohl er sich selbst davon überzeugen konnte, indem er die Handtasche nach den gestohlenen Gegenständen durch-suchte.

Da war nichts – gar nichts.

Dabei hatte er mit eigenen Augen *gesehen* mit welcher Unverfrorenheit die Frau die Waren entwendet hatte.

Der Geschäftsführer kam persönlich, um sich bei der Kundin zu entschuldigen.

Für Kuno hatte er nur einen vernichtenden Blick übrig.

Draußen auf dem Parkplatz steuerte die Blondine zielstrebig einem roten Fiat zu. Ihre Zwillingsschwester hielt ihr die Wagentür auf.
„Hallo Schwesterlein, das hat heute aber besonders lange gedauert.

Beim nächsten Mal machen wir es wieder umgekehrt."

***

ROTER JULI

Endlich Sommer - Sonne pur - dazu 25 bis 30 Grad. Marlis freute sich über das schöne Wetter. Siebenschläfertag war vor einer Woche. Sie hoffte, dass der Wettergott heuer nicht an seinen Grundsätzen rütteln würde, die da lauteten:
So wie das Wetter an Siebenschläfer, so bleibt es sieben Wochen lang.
Auch sie befand sich in ihrem ganz persönlichen Lebenssommer und wünschte inständig, dass die Schönwetterlage ihr für den Rest des Lebens erhalten bliebe - und nicht bloß sieben Wochen lang. Sie hatte viel nachzuholen. Was scherte sie das Gezeter von Bauern und Hobbygärtnern über die große Trockenheit? Die jammerten doch ständig über etwas. Und was kümmerte sie
die ewigen Miesmacher, die jahraus - jahrein ihre Krankengeschichten wie einen Wimpel vor sich hertrugen.
Es ging ihr wieder gut, und das allein zählte. Glücklich geschieden hatte sie nicht die Absicht, sich ihren mühsam erkämpften Seelenfrieden durch Nörgeleien von Zeitgenossen verderben zu lassen. Diese Pessimisten hatten sich doch

allesamt ihre Bürden selbst aufgebrummt und dachten nicht im Traum daran, den Ballast von sich abzuschütteln, geschweige denn, etwas an ihrer verkorksten Situation zu ändern. Im Gegenteil, sie versuchten sich gegenseitig mit ihren Problemen zu übertrumpfen. Hinzu kam, dass Marlis mehrfach beobachten konnte, wie sich sogenannte menschliche Wesen in ihrem vermeintlichen Schlamassel systematisch und voller Wonne aalten. Sie lehnte es daher schlichtweg ab, sich mit lästigen Angelegenheiten anderer Leute zu belasten. Dies schien vollkommen legal - oder etwa nicht? Ihre anfänglichen Zweifel an dieser Ansicht wischte sie mit einem Handstreich weg. Nee, sie brauchte sich nicht zu rechtfertigen. Jeder war für sich selbst verantwortlich. Ihr überstandener Rosenkrieg war schlimm genug. Am bedauerlichsten war die wachsende Sprachlosigkeit, die sich nach und nach in ihrer Ehe eingenistet hatte und irgendwann zur Normalität geworden war. Man schwieg sich einfach nur an. Das war fürchterlich, jedoch am Ende hatte sie alle lautlosen Stürme überlebt, und außer ein paar Narben auf ihrer Seele ist nichts zurückgeblieben.

Außerdem, ihre persönliche Geschichte, die ging niemand etwas an. Ihre neu gewonnene Freiheit nach der Scheidung beflügelte ihre Fantasie jeden Tag aufs Neue, und sie war mehr als bereit, ausgefallene Pläne zu schmieden - und was für welche! Nach dem jahrelangen Genuss von lauwarmer Grießsuppe - so wie sie es empfand - war ihr nach etwas mehr Schärfe zumute, etwa nach einem Pfeffersteak oder nach Pasta mit Chili und Peperoni, aufgewertet durch einen trockenen Roten. Sie hungerte freilich nicht nur nach kulinarischen Köstlichkeiten, sondern mal nach einem Gedankenaustausch mit Gleichgesinnten. Aber sie liebte auch das Kochen, und schon bei diesen Gedankenflügen lief ihr das Wasser im Mund zusammen. Mit wachsender Begeisterung konnte sie sich in mediterrane Schlemmereien hinein steigern. Frank war für derartige Köstlichkeiten nicht zu gewinnen. Als Prolet, wie sie ihn oft darstellte, genügte ihm stets ein einfaches Eintopfgericht aus der Blechbüchse; Hauptsache, er wurde davon satt. Dieser Eindruck verstärkte sich im Laufe der Ehejahre, und hatte dazu geführt, dass Marlis ihre Kochleidenschaft schrittweise minimiert

hatte. So blieb ihr viel Zeit - genau genommen oftmals Leerlauf - um, ja um was zu tun? Um sich zu langweilen?
Das sollte sich nun grundlegend ändern.
In ihrem Kopf hatte sich bereits ein prall gefüllter Sack voller Ideen angehäuft. Zuallererst kamen ihre Reisepläne zum Zuge. Mit Frank war höchstens mal eine Tour Richtung Baggersee drin, ein Kurztrip übers Wochenende, um dann den lieben langen Tag mit dieser wortkargen Figur zu verbringen. Da verzichtete sie lieber generell aufs Verreisen und blieb zuhause. Irgendwann hatte sie keine Lust mehr auf anstrengende Debatten so wie in den Anfängen ihrer Ehe; man ging dazu über, sich gegenseitig anzuschweigen. Jetzt, da sie frei und unabhängig war, lag ihr auf einmal die ganze Welt zu Füßen. Das war so ein neues und tolles Gefühl, fasst wie eine Offenbarung. Da konnte man schon mal übermütig werden. Noch schwankte sie zwischen einer Weltreise und - ja mit was ließe sich dies noch toppen? Australien? Thailand?
Oder nur Italien?

Sie überlegte. Vom vielen Nachdenken wurde sie schläfrig. In der Nacht erwachte sie – schweißgebadet. Sie öffnete beide gegenüberliegende Fenster um etwas kühlen Durchzug zu bekommen, doch die Hitze stand wie eine Mauer im Zimmer - unerträglich. Sie wusste sich keinen Rat, stellte sich daher kurzerhand unter die Dusche und ließ eiskaltes Nass über ihre Schultern fließen. Das war herrlich. Erfrischt stellte sie danach die Kaffeemaschine an, backte sich im Ofen ein Roggenbrötchen auf, welches sie reichlich mit einer Marmelade aus frisch geernteten Erdbeeren bestrich. War das schon Frühstück? Es war erst halb zwei, aber einerlei, sie war frei in ihren Entscheidungen und genoss es, auf niemand Rücksicht nehmen zu müssen. Blitzartig schaltete sich ihr aufgeweckter Verstand ein und entschied, alle aufgebrummten Regeln und Vorschriften stets zu hinterfragen um sie gegebenenfalls neu zu definieren. Warum also nicht gleich damit anfangen? Noch in dieser Nacht wollte sie dem Naheliegendsten beginnen und warum nicht damit, den Zeitpunkt ihrer Mahlzeiten neu zu bestimmen? Die Erfahrung zeigte:

Alle großen Veränderungen begannen im Kleinen.
An Schlaf war eh nicht mehr zu denken. Daher nahm sie sich die neu erworbene Freizeit und beschloss augenblicklich, diese Nacht zum Tage zu machen.

So einfach und mühelos war das, jedoch total verblüffend, weil es funktionierte, und dies überraschte sie. In Gedanken versunken begann sie ein imaginäres Verzeichnis ihrer künftigen Aktivitäten zu erstellen, nichtsahnend, dass sie sich damit als Autor dieser Liste selbst ein Stück Spontanität nahm. Als sie mit ihren Überlegungen zu Ende war, riss im Osten bereits die Wolkendecke auf und zauberte einen orangefarbenen Morgennebel an das Himmelsgewölbe. Ein neuer Tag brach an; ein ganz neuer Tag wartete auf sie. Ganz spontan, ohne zu zaudern beschloss sie, sich zur Feier des heutigen Tages mal wieder in ihrer Boutique sehen zu lassen, dem Vermächtnis ihrer Eltern. Sie hatte sich nie besonders um das Geschäft gekümmert, und da sie über erstklassiges Personal verfügte, wurde sie zum Glück dort nicht zwingend gebraucht. Der Laden lief auch ohne ihre ständige Gegenwart hervorragend, und sie kam sich eher als Störenfried vor, wenn sie sich zu sehr in die inneren kaufmännischen Angelegenheiten einmischte. Daher hatte sie ihre Anwesenheit auf ein Minimum reduziert und damit konnte sie, aber auch das Personal gut leben. Heute allerdings würde sie eine Ausnahme machen. Sie fixierte sich im Spiegel und stellte mit Bestürzung fest, dass sie im Laufe der letzten Jahre ihr Äußeres ziemlich vernachlässigt hatte. Als Chefin eines Modeladens war dies eine Todsünde, jedoch - ganz ehrlich - es war einfach lästig, sich jeden Tag hübsch zu machen. Vielleicht war es ihr Phlegma, und eigentlich konnte es ihr nur recht sein, dass ihr Ehemann augenscheinlich keinen gesteigerten Wert daraufgelegt hatte, in welchen Klamotten sie herumlief. Doch jetzt, nachdem Frank den gemeinsamen Haushalt verlassen hatte, war alles auf den Kopf gestellt. Hoch motiviert verordnete sie sich auch in dieser Hinsicht eine grundlegende Veränderung. Zum Frisör sollte sie auch mal wieder, dachte sie. Nun begann sie erst mal damit, sich ein Sommerkleid aus der neuesten Kollektion über den Kopf zu stülpen. Danach musterte sich einigermaßen zufrieden im Spiegel.

Gerade als sie das Haus verlassen wollte, wurde ihr aus unerklärlichen Gründen übel, und sogleich schoss ihr eine Hitzewallung über den Rücken. Sie bekam nicht schnell genug das teure Kleid wieder von ihrem verschwitzten Körper. Was war das? War sie krank? Doch als diese Welle allmählich abebbte, schob sie solch ungute Gedanken beiseite, so wie sie das gewohnt war. Nach einer erneuten Erfrischung unter der Dusche fühlte sie sich auch gleich wieder munter. Allerdings war ihr nun die Lust vergangen, sich im Geschäft blicken zu lassen. Stattdessen rief sie ihre Freundin an, um sich mit ihr zu treffen und über gemeinsame Urlaubspläne zu beratschlagen. Sie brauchte jemand zum Reden. Jedoch bei Ulla stieß sie heute auf taube Ohren. Ihre beste Freundin hörte ihr kaum zu. Stattdessen berichtete diese von einem Zahnarzttermin, den sie mühsam ergattert hätte und fuhr ohne Unterlass fort, indem sie gebetsmühlenartig von ihren unsäglichen Zahnschmerzen berichtete. Das war nun gerade nicht das Thema, über das Marlis am heutigen Tag mit ihrer Freundin reden wollte. Abrupt brach sie daher das Gespräch unter einem Vorwand ab und setzte sich in ihr Auto um ziellos durch die Gegend zu fahren.

Unvermittelt fand sie sich an einem kleinen Waldstück wieder, wo eine verwitterte Kapelle stand. Sie kannte dieses kleine Bethaus und wunderte sich ein wenig, diesen Weg eingeschlagen zu haben, gedankenverloren, vermutlich aus Gewohnheit. Es war zwar schon lange her, aber sie erinnerte sich, vor ihrer Heirat ein paar Mal mit Frank dort gewesen zu sein. Der mochte nämlich den Duft vom Wachs brennender Kerzen und zündete jedes Mal im Inneren des Gebäudes ein kleines Teelicht an. Danach sind sie stets durch den Wald gewandert - meist schweigend. Irgendwann hatte sie keine Lust mehr auf diese betonte Stille und weigerte sich, ihren Mann auf seinen einsamen Waldwegen zu begleiten. Und auch jetzt nahm sie sich die Freiheit, kehrte um und fuhr weiter Richtung Stadtmitte. Das neue Ziel war ein Reisebüro. Dessen Besitzer, ein ehemaliger Klassenkamerad von ihr, war leider nicht anwesend. Dafür warteten mehrere Kunden auf Auskünfte ihrer diversen Anliegen.

Marlis musste fast eine Viertelstunde warten bis sich eine Ladengehilfin ihrer erbarmte und berichtete, der Chef läge im Krankenhaus, weil... So genau wollte Marlis dies aber gar nicht wissen. Mittlerweile war sie hungrig. Was sie wünschte war ein kurzer Überblick über Fernreisen. Weit gefehlt, die Frau drückte ihr einen Stoß Kataloge in die Hand mit der Empfehlung, diese in Ruhe durchzublättern und dann zu entscheiden, wohin die Reise führen solle. Zu perplex um darauf zu antworten, verließ Marlis gehorsam die Geschäftsstelle und entledigte sich der Prospekte auf den Rücksitz. Das Auto stand in der prallen Sonne, und hinter der Windschutzscheibe hatten sich hohe Temperaturen breit gemacht, welche ihr das tiefe Durchatem erschwerten. Schon wieder stieg ihr die Hitze zu Kopf. Hastig verließ sie den Wagen, ließ die Autotür offen und setzte sich für eine Weile auf die Holzbank am Stadtbrunnen. Sie glühte. Klar, es war Sommer, ja, aber sie hatte den Sommer doch immer geliebt, ihn in der dunklen Jahreszeit herbeigesehnt. Und nun? Jetzt hatte sie das Gefühl sich bei den hohen Temperaturen übergeben zu müssen. Wegen der zahlreichen

Passanten auf der Straße blieb ihr nichts anderes übrig, als sich erneut hinters Steuer zu zwängen um postwendend nach Hause zu fahren. Nachdem sie einige Gläser Wasser aus der Leitung getrunken hatte, verspürte sie keinen Hunger mehr. Sie wollte nur noch schlafen und auf den nächsten Morgen warten. Morgen war schließlich ein ganz neuer Tag. Doch dieser neue Tag verlief - ebenso wie auch die folgenden Tage - ohne besondere Ereignisse. Im Gegenteil: Marlis verfiel zunehmend in die Wehleidigkeit und demzufolge in Melancholie. Die Hitzewallungen hörten nicht auf, und daher liebäugelte sie trotz ihres gestörten Verhältnisses zu Medizinern mit dem Gedanken an einen Arztbesuch. Nachdem ihre Freundin sie allerdings mit den Worten „Schätzchen, das ist normal in unserem Alter. Wir sind schließlich in den Wechseljahren", beruhigt hatte, nahm sie hiervon Abstand. Also, blamieren wollte sich sicher nicht wegen einer solchen Lappalie, denn das Klimakterium war etwas völlig Normales, und da musste mal halt durch. Sie mied von nun an die Mittagssonne und versuchte sich in kühlere Gefilde hineinzudenken. Aber sie sehnte sich auch nach Gesprächen. Die

Eintönigkeit ihres Nichtstuns führte dazu, dass sie aus purer Langeweile die Reisekataloge durchblätterte, um sich Fotos von Hotels und von malerischen Badesträden anzusehen. Beim Betrachten der Bilder konnte man so schön träumen. Unvermutet stieß sie auf ein paar Anpreisungen über norwegische Reiseziele. Für Skandinavien hatte sie sich nie sonderlich interessiert. Im Gegenteil, ihre Vorlieben drehten sich ausschließlich um südliche Regionen. Dessen ungeachtet faszinierten sie die malerischen Landschaftsaufnahmen der Fjorde, die Highlights vom Nordkap und den Polarlichtern, und eine Sehnsucht nach diesem nordischen Land nahm unvermittelt Besitz von ihr. Ihre Gedanken waren plötzlich nicht mehr zu steuern und begannen merkwürdige Luftsprünge zu vollführen, die schwer einzuordnen waren. Daher entschied sie intuitiv, gleich morgen Ulla davon zu erzählen. Vielleicht konnte sie ihrer Freundin eine Ferienreise nach Norwegen schmackhaft machen. Zu dem Gespräch kam es allerdings erst ein paar Tage später, und die Enttäuschung folgte auf dem Fuße.

Ulla lehnte eine Skandinavien-Reise rigoros ab, und dies mit der einzigen Begründung: „Ich hasse den Norden." Das war nun nicht ein Niveau, über das Marlis diskutieren wollte. Sie verabschiedete sich daher ziemlich schnell, und als sie wieder allein war, steigerte sie sich in ein trostloses Kopfzerbrechen. Erst eine stille Zwiesprache mit ihrem entfremdeten *Ich* brachte sie auf den Plan: Nur sie selbst konnte sich aus ihrer Lethargie befreien. Das würde bedeuten, sie müsse aktiv werden, etwas tun. Allein bei dieser Vorstellung wurde sie schläfrig, doch die folgende Nacht war wieder genauso ruhelos wie die Nächte zuvor. Sinnlos, sich weiter in ihrem Bett zu plagen, stand sie auf und begann im Internet zu surfen. Dort besuchte sie die Städte Trondheim und Hammerfest, konzentrierte sich schließlich auf Seiten vom Nordkap, und irgendwann nach Mitternacht, als sie sich Aufnahmen von den Polarlichtern anschaute, war ihre Begeisterung auf dem Höhepunkt angelangt. Insgeheim stand ihr Entschluss längst fest: Da musste sie hin - zur Not auch allein - um diese Naturschönheiten mit eigenen Augen zu sehen. Nach dieser Entscheidung fühlte sie sich zum ersten Mal seit langer Zeit wieder ausgesprochen wohl. Jetzt war es nur noch eine Frage von Zeit und Organisation, aber schon nach etwa zwei Monaten war es soweit. Und dann kam der große Tag der Abreise. Es war einfacher als gedacht, und als sie im Flieger einer Linie der SAS Scandinavian Airlines saß, war sie voller Vorfreude. Aber was sie in den folgenden Tagen erleben durfte, übertraf ihre kühnsten Erwartungen. Alles lief nach Plan. Die Maschine landete pünktlich auf dem Flughafen Hammerfest.

Nach einem dreitägigen Aufenthalt führte eine Exkursion bis zum Nordkap und von dort wieder zurück mit den Hurtigruten zu den Lofoten. Hier war ein einwöchentlicher Aufenthalt geplant, bevor es mit dem Flugzeug wieder Richtung Süden gehen sollte. Marlis befand sich in einem Rausch von Abenteuer, als sie mit ein paar vereinzelten Touristen in die Finsternis hinaus wanderte, um das Schauspiel der Polarlichter zu beobachten. Diese Nacht mit den imposanten Farben am Himmel war ein Phänomen, ein so unvergessliches Erlebnis, welches sie gerne mit ihrer Freundin geteilt hätte. Ein wenig bedauerte sie, dass diese nicht mitgekommen war. Beim Zurückgehen stießen sie mit einer anderen Gruppe Reisender zusammen. Und dann geschah es: In der Dunkelheit vernahm Marlis zuerst nur Bruchteile einer bekannten Stimme, doch diese gingen ihr wie ein Stich mitten durchs Herz. Frank! Im Schatten der Nacht suchte sie wortlos seine warme Hand. Es hatte ihr die Sprache verschlagen, und dann standen sie und schauten und staunten. Und das Wunderwerk am Himmel ließ sie Raum und Zeit vergessen. Frank fand als Erster seine Worte wieder. „Ich habe mir schon immer gewünscht, die skandinavischen Länder zu bereisen. Und nun…" Warum habe ich das nicht gewusst?", fragte sie betreten. „Warum hast du mir nie etwas davon gesagt? Warum?" Und die Antwort kam prompt und war so einfach wie ehrlich: „Du hast mich nie gefragt." „Wir haben nie gelernt miteinander zu reden", stellte Marlis traurig fest. Das Leuchten in Franks Augen war trotz der immer noch aufflammenden Polarlichter kaum zu übersehen, als er die Frage stellte:

„Glaubst du, dass wir das noch lernen können?"

***

LILA AUGUST

Moin - Moin!
Ich heiße Gerlinde, doch dafür kann ich nix, denn diesen Namen hat sich meine Erfinderin für mich ausgedacht. Ich komme aus dem „Land der Verzauberung." Keine Angst, ich bin nicht verzaubert und schon gar nicht verhext. Es handelt sich hierbei bloß um einen Buchtitel, jedoch sein Inhalt besteht aus tausenden wichtigen und unwichtigen Wörtern. In diesem Buch bin ich eine der Figuren, wenn auch nicht die Titelheldin der Geschichte. Sobald jedoch zugeneigte Leseratten in den Roman eintauchen, werden sie mir unweigerlich begegnen - inmitten der 274 Buchseiten und nicht nur zwischen den Zeilen. Nun will ich endlich einmal selbst zu Wort kommen. Denn, wenn ich auch nur eine der Persönlichkeiten am Rande bin, habe ich dennoch ein Seelenleben und möchte meine Erlebnisse von der Insel Sylt erzählen. Bevor ich damit anfange, muss ich mich behutsam aus den verstaubten Papierseiten herausrollen.
So, da bin ich. Meine neue Heimat ist die Odde von Hörnum auf Sylt. Bis dahin war es eine lange

Reise. Inzwischen lugt zwischen grünen Dünen und weißem Sand das mittlerweile etwas nachgedunkelte Reetdach meines schmucken Friesenhauses hervor und blickt stoisch auf die drei Seiten der See. Im Osten sind Fetzen vom Wattenmeer zu erkennen und ganz weit draußen auf dem Festland die Silhouette von einem Windpark. Der kleine Hafen mit den Fischerbooten und den Ausflugsschiffen befindet sich an der Südspitze; und freilich - es gibt den ausgedehnten Weststrand mit den Strand- körben. Im Sommer vermiete ich meine Hütte, wie ich sie gerne nenne, an Feriengäste und wohne dann beim Jansen. Jansen ist mein Freund. Seinen bescheidenen Reichtum erlangte dieser aus einem Lotteriegewinn. Das war ein großes Glück, denn mit diesem Geld hat er sich nach dem letzten Sturm, den der „Blanke Hans" der Insel beschert hatte, in Keitum sesshaft gemacht. Das alte Inseldorf liegt windgeschützt weit hinter der Brandung. In Keitum gibt es nur hübsche Häuser. Jansen wollte mit mir Hochzeit machen, ganz oben auf dem Hörnumer Leuchtturm. Doch dann hat er eingesehen, dass wir gar nicht heiraten müssen, denn wir sind ohnehin füreinander da, können uns aber auch mal aus dem Weg gehen und neue Seiten aufschlagen; außerdem - uns liebhaben - das tun wir sowieso. Sylt mit der gesunden jodhaltigen Luft ist zu jeder Jahreszeit reizend und dies im wahrsten Sinne des Wortes. Doch wenn im August die Wassertemperatur über 20 Grad ansteigt, liebe ich es mehr als alles andere, mich täglich von der tosenden Brandung umspülen zu lassen. Nach dem Beginn der Herbststürme stürzt sich kaum noch Jemand in die Fluten, denn dies kann lebensgefährlich werden, nicht nur wegen der unterirdischen Strömungen um die Südspitze herum. Touristen, die einen Badeurlaub bevorzugen, kann ich daher nur raten, den August als Ferienmonat zu bevorzugen.

Für uns Insulaner, zu denen ich mich mittlerweile zählen darf, haben die Wintermonate außerdem einen anderen, einen ganz besonderen Reiz, denn dann ist man „unter sich" und erst dann beginnt die urige Gemütlichkeit beim Klönen mit Friesentee, Grog oder Glühwein.

Als ich zum allerersten Mal mit der Eisenbahn von Saarbrücken bis nach Westerland fahren durfte, war ich gerade mal 16 Jahre alt. Meine Eltern hatten bei einem Jugendferienwerk diese Reise für mich gebucht. Das war nicht selbstverständlich, denn damals hatte man es noch nicht so mit dem Verreisen; meine Eltern schon mal gar nicht. Ich glaube sie ziemlich lange genervt zu haben, denn ich wollte unbedingt ans Meer. Auf dem Hauptbahnhof befanden sich etwa 20 Mädchen in meinem Alter. Es war d a s Erlebnis schlechthin, für mich der Anfang von dem was da noch folgen würde. Damals fuhr man mit der Bahn größere Strecken am liebsten nachts, und ich erinnere mich gut, dass wir nach einem Zwischenstopp in Frankfurt einen durchgängigen Fernreisezug bis nach Westerland bekamen. Wie die Heringe lagen wir in den Abteilwagen auf den aufgeklappten Sitzbänken, und das gleichmäßige Geratter der Räder hat uns gut schlafen lassen - bis zum Hellwerden. Inzwischen hatte sich die vorbeifliegende Landschaft verändert - kein Berg war zu sehen, auch keine Hügel, stattdessen saftige Wiesen mit Kühen und Schafen. Der Zug raste mit unverminderter Geschwindigkeit über den Nord-Ostsee-Kanal, und der Blick aus dem Fenster – damals konnte man diese noch öffnen – hoch über Bäume und Häuser bleibt mir bis heute unvergesslich, aber von da an kam mir die Fahrt endlos vor. Als gefühlte hundert Stunden später der Zug über den Hindenburgdamm ins Watt hinein bretterte und wir nach weiteren zehn Minuten das saftige Grün der ersten Dünen erblickten, hatte ich das Gefühl, in eine völlig neue Welt hinein zu steuern. Unser Ziel, Rantum, erreichten wir mit der Straßenbahn. Mittlerweile ist diese durch Busse ersetzt worden, aber an manchen Stellen sind noch die alten Schienen im Straßenpflaster zu erkennen. Ein ehemaliger Kasernenbau entpuppte sich als eine großartige Jugendherberge mit geräumigen Schlafräumen. Jugendliche aus ganz Deutschland waren hier untergebracht. In der unteren Etage schliefen die Mädchen, oben die Buben. Logischerweise führte unser erster Erkundungsgang über einen der Holzstege, die sich in wiederholten Abständen durch die Dünen schlängeln, um am Ende alle im weißen Sand zu enden. Ich glaube, es gibt nur diese Möglichkeit an den Strand zu gelangen, und noch immer liebe ich diese sandigen Bretterwege. In meinem jugendlichen Alter hatte ich zuvor noch nie das Meer gesehen. Heute weiß ich, dass dieser erste Blick über den weißen

Strand in die blaue Unendlichkeit die Weichen für mein späteres Leben gestellt haben. Jedenfalls habe ich es dieser Sehnsucht zu verdanken, dass ich nie mehr von der Insel lassen kann und dies trotz bedrohlichen Sturmfluten welche sich in jedem Winter Teile vom Strand zurückholen, um sich diese in ihr gefräßiges Maul zu stopfen. Doch ich möchte meine kleinen und doch so großartigen Erlebnisse von Anfang an erzählen. Die erste Nacht in dem Schlafraum verlief ziemlich lustig. Logisch, wenn zehn Mädchen mit dem Küchenbesen Klopfzeichen an die obere Etage senden, wo die Buben untergebracht waren. Aus dem Radio tönten unaufhörlich Klänge der Beatles, insbesondere der Song von der „Yellow Submarine." In meinem Bett erwartete mich ein klitschiges Etwas, was sich bei näherer Betrachtung als Qualle entpuppte, die sich allerdings bereits leicht vertrocknet präsentierte. Das Gelächter schien kein Ende zu nehmen, doch der Schlaf nach dieser langen Reise ließ nicht lange auf sich warten. Am nächsten Morgen gab es Kliffkanten, Schrippen, Kieler sowie Rundstücke und Friesenstangen im großen Speisesaal. Nach diesem üppigen

Frühstück wurden die einzelnen Tische für den Küchendienst eingeteilt, denn das Geschirr wurde noch von Hand gespült. Danach ging es, wie sollte es anders sein, an den Strand, vorbei an einem kleinen Verkaufsbüdchen, wo allerlei Leckereien angeboten wurden. Das Meer war traumhaft. Ich als Wasserratte genoss diese riesige Badewanne und konnte gar nicht genug von den schäumenden Wellen kriegen, in die ich mich rechtzeitig hineinwarf, sobald sie wie bedrohliche Berge näher kamen - und sogleich wieder vergingen. Am Ende dieses für mich so außergewöhnlichen Tages trafen wir uns mit einigen Buben aus dem oberen Stockwerk. Ausgang war bis zehn Uhr, und brav, wie die gesamte Jugend damals war, hielten wir uns ausnahmslos an diese Regel. Wieder ging es über den Holzsteg zum Strand, und es bildeten sich kleine Grüppchen, die nach und nach in den Strandkörben verschwanden.

Was soll ich groß erzählen?

Es ist für mich als Romanfigur nicht leicht die richtigen Worte zu finden. Was ich sagen will: Er hieß Peter, war in Koblenz in der Lehre bei einem Buchmacher. Er war braun gebrannt, sah umwerfend aus mit seinen wunderbaren schwarzen Augen, allerdings mindestens genauso schüchtern wie ich. In der folgenden Zeit sahen wir tagsüber nur verschämt an uns vorbei, trauten nicht miteinander zu reden. Unvorstellbar, aber es war eine andere Zeit als heute, doch ich möchte sie um nichts in der Welt missen. Voller Ungeduld wartete ich auf den Abend. Die Spannung stieg ins Unermessliche, aber erst nachdem es dunkel war nahm er meine Hand, bevor wir uns in einen der zahlreichen Strandkörbe hockten, denn diese kosteten abends keine Miete mehr.

Ich war so ja verliebt.

Tagsüber fuhr alle Welt per Anhalter kreuz und quer über die Insel. Unsere Betreuerin schärfte uns lediglich ein, nicht allein in ein fremdes Auto zu steigen, sondern immer mit mehreren Mädchen zusammen. So lernten wir auch Westerland kennen, aber das fand ich damals, und eigentlich bis heute, nicht übermäßig interessant. Da gefiel mir Hörnum mit seinem kleinen Hafen schon besser. Von dort brachte uns an einem der nächsten Tage ein Adler-Schiff nach Helgoland. Leider mussten wir auf dieser

Schiffsreise reihum die Bekanntschaft mit Kotztüten machen. Die Meisten stiegen dann auch mit grünlichen Gesichtern vor der Küste Helgolands in die Boote, die uns an Land brachten. Ich habe keine großen Erinnerungen mehr an diese Hochseeinsel, weiß nur noch von Massen an Touristen, die sich durch die oberen Gassen drängelten um zollfreie Ware zu ergattern. Komischerweise wurde auf der Rückfahrt niemand mehr seekrank. Weiß der Himmel, warum. Nach den wundervollsten zwei Wochen in meinem jungen Leben wurde von den Betreibern der Herberge am letzten Tag zum Abschied ein Tanzabend organisiert – und an diesem Abend bekam ich meinen ersten Kuss. Es war berauschend, doch umso schlimmer, als uns am Tag darauf die Straßenbahn zurück nach Westerland brachte - auf den Bahnhof. Zum letzten Mal kamen wir an dem Blumenbeet mit der Inschrift: „Sylt, eine Insel lächelt sie an" vorbei. Mittlerweile ist dieses Blumenbeet ersetzt worden durch grüne Riesen im Sturm. Doch an diesem Tag hatte sowieso Niemand von uns zurück gelächelt, denn wir waren überaus traurig und weinten in unsere Taschentücher.

Den Blick aus dem Zug zurück über den Hindenburgdamm auf die untergehende Sonne werde ich mein Leben lang nicht vergessen. Bereits damals wusste ich, dass ich wieder hierher zurückkommen würde. In meinem Gepäck befand sich ein Bund Heidekraut, welches ich solange aufheben wollte, bis ich mir einen neuen Strauß pflücken konnte, und zwar genau an derselben Stelle. Den Peter habe ich nie mehr wieder gesehen...

Zwei Jahre später trieb mich das Fernweh erneut an die Nordsee. Nach dem ersten Atemzug auf dem Bahnsteig in Westerland waren sogleich alle Erinnerungen präsent. Heute weiß ich, dass es diese besondere Frische in der Luft ist, die ich sonst nirgends so intensiv erleben kann. In der Tat ist es dieser legendäre erste Atemzug auf dem Bahnsteig in Westerland, den ich bis in meinen kleinen Zeh spüre.

Das ist lange her, aber ich, ein alterloses Kind, genieße jeden Augenblick der Erinnerung. Spontan fällt mir ein Sommerurlaub auf dem Campingplatz Dr. Klawitter in den Dünen ein. Als Erstes mussten wir an jedem Morgen Berge von feinem Sand aus dem Zelt entfernen, welcher in der Nacht durch den Wind angetrieben wurde. Wir haben viel gelacht. Auf der Rückreise war der letzte Autoreisezug für diesen Tag bereits abgefahren, so dass wir die Nacht auf einem Parkplatz im Auto verbringen mussten. Wir haben viel gelacht.

Jahre später besuchte ich die Insel immer wieder mit Marie, meiner Tochter. Das Erste, was für uns nach der Ankunft in Hörnum auf dem Plan stand, war eine obligatorische Strandwanderung um die Südspitze herum. Im Laufe der Jahre konnten wir feststellen, dass diese Strecke immer kürzer wird, denn der blanke Hans holt sich in jedem Herbst und Winter einen Teil der Insel zurück. Brauchten wir in früher noch über eine Stunde durch Sand und plätschernde Wellen, erblicken wir nun bereits nach der Hälfte der Zeit den Hafen. Mittlerweile pumpen große Spülschiffe von weit draußen den Sand vom Meeresboden durch große Rohre an den Strand zurück, um so den stetigen Landschwund zu stoppen. Durch die Einquartierung bei meiner Lieblingswirtin im Kressen-Jacobs-Tal, später in verschiedenen Pensionen im Steintal durfte ich einen kleinen

Teil der einheimischen Bevölkerung kennen-
lernen, so auch die Brüder Knut und Ole,
Betreiber der „Strandperle" einem kleinen
Imbissrestaurant hoch oben in den Dünen. Es
waren zauberhafte Abende mit Blick auf das
Meer und den Sonnenuntergang - mit und ohne
Friesennerz.

An einem Sommertag, als wir uns wieder einmal
hier befanden, mussten wir leider feststellen,
dass ein heftiger Sturm im vergangenen Winter
nicht nur die „Strandperle" in die Tiefe gerissen
hatte, sondern auch den Aussichtsturm. Es war
unvorstellbar, denn auf dessen Plattform warf ich
bei jedem Besuch ein Geldstück weit in die Heide
hinein mit dem festen Wunsch, wieder an diesen
Ort zurück zu kehren.

So viele Episoden könnte ich noch erzählen,
angefangen von Wetterkapriolen, welche unsere
behagliche Strandmuschel in Sekundenschnelle
in einen Regenbottich verwandelten. Ein anderes
Mal veranlasste uns ein plötzlich eintretender
Wolkenbruch stundenlang auf dem einzig
trockenen Plätzchen, nämlich im Dünen-Klo, zu
verharren. Aber ich will die Leserschaft nicht
langweilen. Allerdings muss ich unbedingt noch

die leckeren Fischbrötchen vom Hafen erwähnen. Diese sollte man gut festhalten, um sie gegen die ewig hungrigen Möwen zu verteidigen, denn diese sind wahre Meister im Stibitzen. Ach ja, es gibt Erlebnisse, doch die müssen einfach selbst erlebt werden.

Meine Tochter Marie wohnt mittlerweile in Amerika. Dabei sollte es anfangs nur ein Austauschschuljahr werden, welches sie unbedingt dort verbringen wollte. Jedoch nach dem ersten Jahr im Land der Verzauberung, nämlich in New Mexico, entschloss sich Marie für immer bei diesem Naturvolk zu bleiben. Sie heiratete Till, den Sohn des früheren Postkutschers Julius und ließ sich auf der Farm der Schwiegereltern in Oklahoma nieder. Danach habe auch ich mich entschlossen, meiner ehemaligen Heimat den Rücken zu kehren um mir auf meiner Wunschinsel eine neue Existenz aufzubauen.

Meine Leser kennen diese Geschichte.

Marie und Till lassen es sich nicht nehmen, ihren jährlichen Urlaub auf der Insel Sylt zu verbringen. Wir wohnen dann gemeinsam in meinem geräumigen Haus in der Odde von Hörnum. Und wenn wir alle wieder zusammen sind, ist es so wie es damals, und das fühlt sich unbeschreiblich gut und richtig an.

Nun, ich hoffe die Leser durch meine stereotype Berichterstattung nicht allzu sehr geplagt zu haben, aber weil mich die Geschichte emotional immer noch stark berührt, fallen mir trockene Worte schwer, denn sie sagen viel zu wenig aus. Das wirklich Wesentliche lese auch ich ausschließlich zwischen den Zeilen.

Ich bin halt doch nur eine Romanfigur.

Deshalb rolle ich mich wieder zusammen und tauche unter, um mal eben zwischen vergilbten Papierseiten zu verschwinden, denn da gehöre ich hin. Hier kann ich jederzeit das Rauschen der Wellen hören und auch den Gesang der kreischenden Möwen, und ich werde träumen, wann immer mir danach ist.

Von was?

Von der bezaubernden Natur, vom frischen Wind und von dem Wechsel der Gezeiten.

Es gibt so viel Wundervolles.

Ich hoffe, dass irgendwann ein menschliches
Wesen mein Buch wieder hervorholen wird um
darin zu blättern.
Dort ist alles je Erlebte abrufbar
immer und jederzeit
mitunter versteckt.
Dann muss man danach suchen –

zuweilen

z w i s c h e n   d e n   Z e i l e n.

***

BUNTER SEPTEMBER

In der Fußgängerzone wars, an einem trüben Samstag. Letzte Kunden schlenderten über den Bauernmarkt. Einige Stände hatten ihre Kisten schon weggeräumt. Auch Karl, der Betreiber vom Fischstand war damit beschäftigt, die verbliebene Ware unter dem Scherbeneis wieder in Kühlboxen zu verstauen. Nur vor dem Gemüsestand hatte sich eine längere Schlange gebildet, welche gelangweilt vorrückte, step-by-step.

Ein junger Mann, sehr schmal, mit schulterlangen Haaren, stand vor der Einkaufspassage. Er hielt eine Gitarre, eigentlich trug er sie, wie man ein kleines Kind im Arm hält. Dann schlug er einige Akkorde an und begann mit rauer Stimme das Lied von dem Zauberdrachen Puff zu singen, welcher durch den Herbstnebel schwirrt und bizarre Formen zurücklässt.

„Puff the magic dragon - lived by the sea"

Die Gräfin saß stocksteif auf der Bank unter einer Platane. Das nachmittägliche Treiben auf den Marktplatz schien sie kaum wahrzunehmen. Ihre Miene war erstarrt und zeigte keinerlei

Regungen. Ihre Augen waren geschlossen und verstärkten somit den maskenartigen Ausdruck. Wie von weit her traten die Klänge dieser Gitarre an ihr Ohr, aber es war schwer einzuschätzen, ob es sich um ein wohlwollendes Zuhören handelte, noch ob die Gräfin überhaupt etwas in ihrer Nähe wahrnahm. Nur sie alleine wusste um die Bedeutung dieses Songs. Nach Beendigung der letzten Strophe stand sie schwerfällig auf, warf ein paar Münzen in den verbeulten Hut des jungen Mannes und winkte nach einem Taxi. Dann war sie fort. Der Straßensänger sah dem Taxi hinterher. Wie in Trance packte er seine Gitarre in den Koffer aus Kunstleder. Auf einmal hatte er es sehr eilig und rannte, als wäre der Teufel hinter ihm her. Sogar seinen Hut vergas er mitsamt dem Inhalt. Dabei hätte er die paar Münzen gut gebrauchen können. Die Gräfin ließ sich bis zur Parkanlage der Drachenburg fahren. Sie, die letzte Überlebende des alten Adelsgeschlechtes hatte hinter diesen altertümlichen Mauern einen großen Teil ihres Lebens verbracht. Am Eingangstor verharrte sie regungslos und wartete bis der Wagen um die Ecke gebogen war. Aus unerklärlichen Gründen wendete sie ihre Schritte und gelangte über einen Feldweg bis zu einem brach liegenden Acker. Der Wind hatte aufgefrischt, und in der Ferne sah sie lärmende Kinder bei dem Versuch einen Drachen steigen zu lassen. Die Dämmerung hatte sich bereits über die Wiesen gelegt, und es roch nach Moos und feuchter Erde. Hier verweilte die Gräfin einige Augenblicke, um sich dann jedoch abrupt umzudrehen. Nun ging sie festen Fußes zurück. Diesmal öffnete sie sogleich die schwere Eisenpforte und betrat den mit Natursteinen angelegten Weg. Über dem gepflegten Rasen hatte sich bereits leichter Nebel gebildet. Sie erschrak. War es schon so spät? War schon wieder Herbst? Hatte die dunkle Jahreszeit bereits begonnen? Ein böser Schatten streifte ihr Gesicht. Es war der Nebel, den sie so sehr hasste, aber nach diesem flüchtigen Moment einer ansatzweisen Gefühlsregung fiel ihre Miene wieder in die Unbeweglichkeit zurück. Mitten in der Nacht wurde sie aus dem Schlaf gerissen, und sie vernahm gespenstige Geräusche aus dem Keller. Dies war das untrügliche Zeichen: Der Herbst war da und mit ihm der wiederkehrende Spuk dieses

geisterhafte Gekreische, deren Töne klagend an den Betonwänden hochkrochen. Es geschah immer dann, wenn die Tage kürzer wurden. Sie konnte nichts dagegen tun, sich nicht wehren, war dazu verdammt, die Anklagen auszuhalten - Jahr für Jahr. In dieser Nacht erschien ihr das Gepolter aus dem Keller lauter denn je. Würde das denn nie aufhören? Die Gräfin wagte nicht sich zu rühren auf ihrem Lager, auch dann nicht, als sonderbare Schatten an der gegenüberliegenden Wand auftauchten. Sie wusste, es war der Drache,
der sie holen wollte.

Die Angst

schnürte ihr beinahe die Kehle zu, und sie hielt sich krampfhaft an ihrer Bettdecke fest. Nach einer Weile wurde es etwas ruhiger, aber an Schlaf war nun nicht mehr zu denken. Sie stand daher auf, wickelte sich fest in ihren Bademantel ein und betrat den gegenüberliegenden Raum, die Bibliothek, um dort die Zeit bis zum Morgengrauen zu verbringen. Hier war es ruhig; nur das Ticken der großen Wanduhr war zu vernehmen. Das stumme Mädchen kam herein und servierte den Tee und ein wenig Gebäck, so wie es ihr aufgetragen worden war. Die Gräfin wählte ein paar Bücher aus dem Regal aus, um ein wenig zu lesen und sich abzulenken von den quälenden Gedanken. Jedoch gelang es ihr nicht, sich auch nur annähernd auf einen der Inhalte zu konzentrieren. Ruhelos mit großen Schritten durchquerte sie daher den großen Raum, und erst als der Morgen graute, suchte sie erneut ihr Schlafgemach auf. Die Schatten an der Wand waren verschwunden, aber das Gemurmel aus dem Keller stand gespenstisch im Raum. Deshalb verließ sie erneut ihre Kammer und stieg die Wendeltreppe hinauf, die sich vom westlichen Erker aus bis hoch in den Turm schlängelte. Oben angekommen fühlte sie sich etwas benommen, und sie schwankte so sehr, dass sie sich an der morschen Brüstung festhalten musste. Unter ihr befand sich der Burggraben, und genau dort lauerte die Erinnerung. Mechanisch sah sie nach unten, denn ohne es zu wollen wurden ihre Blicke von dem bizarren Grau der Nebelschleier angezogen. Der feine Dunst hatte sich inzwischen über dem gesamten Park ausgebreitet. Es war wie böse Magie, und sie wusste sich nur dagegen zur wehren, indem sie einfach wegschaute. So und nicht anders hatte sie die vergangenen Jahre überstanden – mit Wegschauen. Mittlerweile besaß sie Übung darin. Auch an diesem frühen Morgen riss sie ihre Blicke mit Gewalt zurück bis auf die im Halbdunkel liegende Stadt auf der anderen Seite eines kleinen Wäldchens. Wie ein Film lief das Geschehen von früher in ihrem Kopf ab: Damals war sie jung und ehrgeizig, und sie wusste genau, was sie wollte. Ihn wollte sie haben, ihn, den attraktiven Drachengrafen, koste es was es wolle. War es Liebe? Sicher nicht. Sie wollte einsteigen in die feine, in die adelige Gesellschaft, vergessen ihre armselige Kinderzeit, vergessen ihr Leben auf der Straße der Obdachlosigkeit. Das Kind, ein kleiner Bub, fast noch ein Säugling, war nur ein Nebenprodukt ihrer Tätigkeit als Prostituierte. Nachdem sie den Grafen kennengelernt hatte sah sie ihre große Chance gekommen, aber es war vollkommen klar, dass sie zuvor das Kind loswerden musste. Auf legale Art und Weise war dies geradezu unmöglich, denn dann wäre das ganze Dilemma ihres bisherigen Lebens zu Tage getreten mit all seinen Schattenseiten. Das durfte nicht geschehen, denn niemals hätte sich der konservative Drachengraf mit ihr vermählt, wenn er um ihre Vergangenheit gewusst hätte; nie und nimmer ein uneheliches Kind akzeptiert. Doch ihr Wunsch, aus dem Sumpf auszubrechen und Schlossherrin zu werden wurde übermächtig und verdrängte jedwede Redlichkeit, sollte diese je vorhanden gewesen sein. So kam es zu dem teuflischen Plan. Nie würde sie die Nacht vergessen in der sie den Säugling in die Babyklappe geschoben hatte. Von aller Last befreit pochte sie danach auf eine rasche Vermählung. Die Hochzeitsfeierlichkeiten dehnten sich über drei Tage aus. Nun war sie am Ziel all ihrer Wünsche. Sie war die Frau Gräfin und konnte das feudale Leben in vollen Zügen genießen. Sie bewohnte eine eigene Suite im Schloss, hatte ihr persönliches Dienstpersonal und gewöhnte sich ausnehmend schnell an all den Luxus. Sie war charmant und lud oftmals Gäste ein. Die Burgfeste, welche sie organisierte, waren demzufolge legendär, und von ihr aus hätte dies immer so weitergehen können. Bei den Rückblicken an die ersten Ehejahre kräuselten sich ihre Lippen zu einem bösen Grinsen. Ihre Betrachtungen endeten just an diesem unseligen Tag, an dem die Vorladung zu einem Gentest ins Haus geflattert kam. Der Inhalt der Benachrichtigung verhieß nichts Gutes. Für ein schwebendes Verfahren solle bei ihr eine DNA-Probe entnommen werden, hieß es lapidar. Angeblich handele es sich um eine reine Formsache. Doch sie glaubte nicht an eine sogenannte Formsache. Die Vergangenheit drohte sie einzuholen. Sie wusste es, sie hatte es immer gewusst. Die Panik muss ihr im Gesicht gestanden haben, als ihr argloser Ehemann, sie von der Vorladung in Kenntnis setzte. Sie hatte das untrügliche Gefühl, dass es etwas mit dem ausgesetzten Kind zu tun haben würde. Es war ein kleiner Junge gewesen, als sie ihn von sich stieß. Die Gräfin wusste nur zu genau, was ihr blühte, wenn ihr Ehemann hinter ihr Geheimnis kommen würde. Und dann? Dann wäre sie wieder auf der Straße. Das konnte sie doch nicht zulassen. Wenn ihr Lügengebilde nicht auffliegen sollte, musste etwas geschehen und zwar bald. Was sollte sie tun? Was? Sie musste sich etwas einfallen lassen. Wie meistens setzten bei der Gräfin an dieser Stelle die Betrachtungen aus. Sie war erschöpft. Einerseits fehlte ihr der Schlaf, andererseits war sie unfähig, den begonnenen Gedanken weiter zu verfolgen. Ohne es zu wollen wurde ihr Blick magisch nach unten gezogen. Dabei beugte sie sich weit über die Brüstung. Die Nebelfelder hatten sich gelichtet, und die Sonne war mittlerweile hinter dem Wald aufgegangen. Daher atmete sie befreit auf, denn der Spuk schien für heute vorbei, und sie schickte sich an, die Wendeltreppe wieder hinab zu steigen. Das stumme Mädchen hatte ihr ein kräftiges Frühstück bereitet, und so kehrten ihre Kräfte rasch wieder zurück. Die folgende Nacht begann erst einmal ruhig. Doch es war nur die sogenannte Ruhe vor dem Sturm, denn das Grauen ließ nicht lange auf sich warten. Das Gepolter aus dem Keller begann schon weit vor Mitternacht und riss sie aus einem unruhigen Schlummer. Im Halbdunkel erkannte sie, dass sich der Kleiderschrank bewegte. Er kam immer näher. War das nur eine Drohung, oder wollte sie der Dämon dieses Mal endgültig vernichten? Der Angstschweiß rann ihr in Strömen über den Rücken. Als sie die riesige Fratze an der Wand bemerkte, schrie sie laut auf und rannte aus ihrer Schlafkammer. So entging ihr, dass der schwere

Kleiderschrank auf ihr Bett stürzte. Es blieb ihr keine Zeit, den Gedanken weiter zu spinnen, denn das Rumoren kamen auch von nebenan aus der Bibliothek, und es hörte sich an, als würden sämtliche Bücher auf den Boden krachen. In äußerster Panik hastete sie die Flure entlang um über die Stiege nach oben zu gelangen. Auf dem Turm würde ihr sicher nichts geschehen. Als sie jedoch hechelnd dort ankam wurden ihre Blicke erneut unweigerlich nach unten gezogen in den grausigen Schacht. Sie starrte in den Burggraben, dorthin wo der unruhige Geist des Grafen wütete. Und wieder holte sie die Erinnerung ein. Nie und nimmer hätte ihr Ehemann von dem Kind erfahren dürfen. Der teuflische Plan entstand an dem Tag, nachdem sie die Vorladung zu dem DNA-Test erreicht hatte. Es war Herbst. Dichter Nebel umhüllte das Schloss als es geschah. Das Hinabstoßen ihres vertrauensseligen Gatten von hier oben in den Burggraben ging leichter als gedacht. Danach hatte sie den leblosen Körper in den Keller gezogen, dort eingegraben und die Grube zur Sicherheit noch mit einer Betonmischung zugeschüttet. Tags darauf hatte sie das Personal entlassen. Sie tat dies mit der

Begründung, der Graf habe sie verlassen und befände sich auf einer größeren Auslandsreise. Sie gab die Tatsache derart überzeugend und tränenreich weiter, dass niemand ihre Worte anzweifelte. Somit hatte sie sich zumindest ein Zeitfenster geschaffen, in dem sie nun in Muße über weitere plausible Erklärungen nachdenken konnte - wenn der Graf denn nicht mehr zurückkehrte. Sie war mächtig stolz auf sich. Das stumme Mädchen blieb bei ihr. Von ihr drohte keine Gefahr. Der Graf kam nicht wieder, aber sein zorniger Geist kehrte zurück, unbarmherzig und anfangs nur sporadisch. Doch in dem darauffolgenden Herbst ließ die furchterregende Spukgestalt keinerlei Zweifel an Rache und Vergeltung aufkommen. Wie lange die Gräfin nun hier oben vor der Brüstung stand, vermochte sie nicht einzuschätzen. Sie wusste was der Drachengraf von ihr verlangte; sie ahnte es bereits damals. Er forderte Sühne. Jetzt schien die Zeit der Abrechnung gekommen. Eigentlich hätte sie wissen müssen, dass man irgendwann für alles bezahlen muss. Aber war sie denn bereit, den Tribut zu entrichten? Gab es denn nur diese eine Möglichkeit, das Drachenschloss für alle

Ewigkeit von dem Spuk zu befreien? Was wäre, wenn sie einfach von hier fortzuziehen würde - weit weg - um alle Schatten der Vergangenheit hinter sich zu lassen? Von dem Erlös des altertümlichen Schlosses könnte sie überall in der Welt gut leben. Diese Aussicht schien verlockend, aber einfach? Hätte sie dann Ruhe vor dem Dämon? Oder würde er sie verfolgen wie ein boshaftes Phantom und sie niemals in Frieden lassen? Sie überlegte und grübelte lange, aber ihre Gedanken drehten sich im Kreis und ließen sich nicht steuern. Abermals richtete sie ihre Augen nach unten in den vom Nebel umhüllten Burggraben. In der Tiefe lauerte das Grauen. Es schrie nach Vergeltung. Es schrie nach ihr. Lag dort die Erlösung?

Vor dem Schloss hatte sich eine kleine Menschenmenge gebildet, in deren Mitte ein junger Mann stand. Er hielt seine Gitarre in den Händen, schlug ein paar Akkorde an und begann mit rauer Stimme zu singen:

„Puff the magic dragon, lived by the sea
and frolicked in the autumn mist
in a land called Honah Lee"

***

GOLDENER OKTOBER

An der Obermosel war die Traubenlese in vollem Gange. Nach den verregneten Wochen war inzwischen eine stabile Hochdruckwetterlage angesagt. Der frische Herbstwind hatte die letzten Wolken weggepustet und Platz gemacht für einen stahlblauen Himmel. Der Zeitpunkt war somit ideal für die Weinfeste, die nun in den einzelnen Gemeinden wie junge Pflänzchen aus der Erde schossen. Das Dorffest an der luxemburgischen Grenze war nur eines von vielen, aber es war legendär. Dabei ging es gar nicht so sehr darum, den neuen Riesling oder den Weißen Burgunder zu verkosten. Dies natürlich auch, aber die Leute wollten zusammen feiern; es war *das* jährliche Fest für die Bewohner des Ortes schlechthin. Jeder kannte Jeden, und das Vereinsleben in der kleinen Gemeinde wurde großgeschrieben. Der Zusammenhalt innerhalb einer Moselgemeinde war stark, weil man aufeinander angewiesen war. Man half sich aus der Patsche, wenn es Probleme gab oder wenn durch Wetterkapriolen die Ernte in Gefahr geriet. In dem großen Festzelt wurden - außer den neuen Weinen und dem Federweißen - auch Speisen angeboten, wobei es nicht unbedingt spezielle Köstlichkeiten sein mussten. Es reichte ein einfacher Rostwurststand, an dem es natürlich auch Pommes gab. Hauptsache, es war reichlich Ketchup und Majo dabei. Vom Angelsportverein wurden gebratene Rotaugen aus der Mosel angeboten. Dieses Angebot hielt sich meist in Grenzen, denn nicht immer war das Glück den Anglern hold. Dafür gab es schon mal die ein oder andere leckere Käsetheke eines Anbieters von der anderen Moselseite. Auch Zollbeamte waren an solch einem Tag durchaus willkommen. Man musste sich revanchieren. Es war nämlich nicht verkehrt, sich gut mit den Beamten von drüben zu stellen, denn die drückten an der Grenze schon mal beide Augen zu, wenn es sich um geschmuggelte Tabakwaren oder preisgünstigen Kaffee aus dem Nachbarland handelte. Einem guten Tropfen jedenfalls waren die Zöllner nie abgeneigt. Am wichtigsten allerdings war die traditionelle Musikkapelle, ein Blasorchester. Geschwoft wurde bis zum Hellwerden, wobei es schon mal in Feierlaune befindliche Personen gab, die irgendwann im

Wingert lagen - voll des guten Weines - um ihren Rausch auszuschlafen. Niemand störte sich daran.

Die Dorfleute waren „unter sich", und das war die Hauptsache. Man hielt schließlich zusammen. Der Höhepunkt eines solchen Festes war die Wahl einer neuen Weinkönigin. Sie musste jung sein, sie musste hübsch sein, aber vor allen Dingen musste sie aus einem ansässigen Weingut stammen. Es war nicht immer leicht die richtige Wahl zu treffen, weil die jungen Dinger oftmals nach der Schulzeit den kleinen Ort verließen, um in der Stadt eine Ausbildung zu absolvieren, oder - was noch schlimmer war - zum Studieren ins „Reich" abwanderten. Es kam vor, dass sie womöglich auswärtige Männer heirateten und nicht mehr in ihre Heimat zurückkehrten. Selbst wenn im Dorf eine Ehe geschlossen wurde, in der einer der Partner nicht aus der hiesigen Gegend stammte, blieb dieser Partner - ob Mann oder Frau - ein Leben lang ein Auswärtiger - ein Zugezogener. Rosi war ein wenig enttäuscht, weil sie heuer nicht zur Weinkönigin gekrönt wurde. Andererseits blieb ihr dadurch einiges erspart, denn als Kind eines Winzers wusste sie um den zusätzlichen Stress, den ein solches Amt mit sich brachte. Trotzdem, es hätte ihr zugestanden, sagte sie sich trotzig. Seit ihrem 16ten Lebensjahr war sie voll in die Arbeit des Weinanbaues eingespannt, und das sollte das auch so bleiben. Als Einzelkind aufgewachsen war sie dies dem Familienbetrieb schuldig, und - keine Frage - freilich würde sie den Betrieb fortführen. Außerdem liebte sie ihre Weinberge. Wie könnte es auch anders sein. Es war ihre Heimat.

Aber das sollte heute bestimmt nicht das Thema sein, das sie beschäftigte. Schon früh war sie mit ihrer besten Freundin Heike auf den Festplatz gekommen, und im Laufe der Nacht lief die Heiterkeit an den langen Holztischen zur Hochform aus. Die jungen Leute alberten herum, flirteten und lästerten über die honorige Gesellschaft, die sich nach den Klängen der schrägen Blechmusik ernsthaft und beinahe andachtsvoll über den Tanzrasen bewegten. Es war zu komisch den Eltern und Großeltern zuzusehen, die sich - völlig unangepasst für eine Freiluftveranstaltung - an diesem Abend in Schale geworfen hatten. Unfassbar, aber es war der einzige Tag im Jahr, an dem Rosi ihren Vater mit weißem Hemd und Krawatte erlebte. Erfahrungsgemäß endeten diese Feste meist erst nach Sonnenaufgang. Irgendwann in dieser Nacht bekamen ein paar Mädchen in seliger Weinlaune Lust auf ein Wettrennen an der Mosel entlang. Dort unten war es wesentlich ruhiger, und man konnte erste Erlebnisberichte vom Abend austauschen, ohne sich dabei anschreien zu müssen wegen der lauten Musik. Auch Rosi hatte das Bedürfnis, ihren Kopf allmählich frei kriegen zu wollen. Die Nacht war noch lange nicht vorüber. Außer Atem von der Rennerei beendete man den Lauf letztendlich mit einem „unentschieden." Zögernd löste sich die Horde auf. Einige wenige ließen es sich jedoch nicht nehmen, anschließend noch ein paar Runden durch die Mosel zu schwimmen, doch die meisten zogen wieder zurück zum Zelt. Dort war das Fest auf dem Höhepunkt angekommen und die Stimmung großartig. Rosi wollte noch einen Moment allein sein, um nach dem Trubel ein wenig die Stille dieser Nacht zu genießen. Zum Verschnaufen setzte sie sich an die Uferböschung und schaute gedankenverloren über das Wasser. Es war bereits nach Mitternacht, und der

Vollmond über dem Wasser schien zum Greifen nah. So riesig und hell hatte sie ihn noch nie gesehen, und sie erinnerte sich einmal gelesen zu haben, dass dieser Trabant in manchen Nächten der Erde näher sei als gewöhnlich. War dies nun so eine Nacht? Die silberne Scheibe spiegelte sich in der Mosel und tauchte die Gegend in ein gespenstisches Licht. War es nur der Wein, der ihr diese Illusion vorspiegelte? Sie saß da und starrte unentwegt in die grenzenlose Unendlichkeit, und darüber vergas sie beinahe, wieder zurückzugehen ins Festzelt; sie vergas einfach die Zeit. Der Kontrast hätte nicht größer sein können, drüben der Rummel von angeheiterten Menschen in Feierlaune, untermalt von dem durch Lautsprecher verstärkten Gedröhne der Tanzmusik und hier unten die Stille und die Weite der Natur. Auf einmal vernahm sie knirschende Schritte auf dem Schotter. Ein einsamer Spaziergänger tauchte plötzlich aus der Nacht heraus auf und holte sie schlagartig zurück aus ihren Fantasien in die Wirklichkeit. Das war mehr als merkwürdig, denn normalerweise verirrte sich niemand an diesen Ort, schon gar nicht mitten in der Nacht.

Wer war das?

Doch nach der ersten Schrecksekunde geschah etwas äußerst Seltsames, denn als dieser Jemand auf sie zukam und sie anlächelte, fühlte sie sich urplötzlich wie durch ein starkes Band mit dem Unbekannten verbunden. Diese Nacht war so anders, dass sie sich über nichts wunderte, und so kam sie mit dem Fremden ins Gespräch. Seine Worte streiften ihr Ohr, vergleichbar einem Windhauch, und der Klang seiner Stimme traf sie mitten ins Herz. Es war eine leise Stimme, und Rosi lauschte, ohne auf den Sinn zu achten. Sie sah ihm in die Augen, und spürte eine solche Nähe, die sie bisher noch bei niemand erlebt hatte. Er erzählte ihr so allerlei. Das Einzige, was sie bewusst wahrnahm war, dass er aus dem Land Brandenburg stammte und für einen Monat nach Luxemburg abgeordnet worden wäre um Vermessungsarbeiten durchzuführen. Drunter konnte sie sich nun überhaupt nichts vorstellen, aber, ach ja, was sagte er noch, er wäre Ingenieur bei einer Berliner Firma. Er hätte sagen können, er wäre Puppenspieler oder Kanalarbeiter, es wäre kein Unterschied gewesen. Wie selbstverständlich wanderten sie daraufhin Hand in Hand am Ufer entlang. Rosi nahm die Vertrautheit zu diesem fremden Menschen hin ohne sich darüber klar zu werden, mit wem sie sich da womöglich einließ. Sie erlagen dem Zauber dieser Nacht, und als sie sich küssten, fühlte es sich gut und richtig an. Sie ließ es geschehen, und es war, als ob sich mit einem Male alle bisher verschlossenen Türen weit öffneten. In dieser Nacht fand Rosi den Weg nicht mehr zu dem Weinfest und den lärmenden Menschen zurück. Wie auf Wolken schwebend erreichte sie ihr Elternhaus.

Der neue Tag war angebrochen.

Lange betrachtete sie sich im Spiegel und stellte mit Verwunderung fest, dass ihr immer noch dasselbe Gesicht entgegenblickte. Unfassbar, war sie doch nicht mehr dieselbe Person wie gestern. Der Wandel der vergangenen Nacht hatte sie bis in ihre Grundfesten erschüttert. Etwas derart Befreiendes hatte sie noch nie zuvor erlebt, und instinktiv war ihr bewusst, dass ihr bisheriges Leben in den schützenden engen Grenzen für immer vorbei sein würde. War das Liebe, die sprichwörtliche Liebe auf den ersten Blick?

Eigentlich hatte sie solche Ideen stets als Unsinn abgetan, denn eigentlich war sie ein rational denkender Mensch. Sie konnte und wollte auch jetzt nicht darüber nachdenken, nicht heute. Sie legte sich auf ihr Bett und tauchte ein in beglückende Träume. Am späten Nachmittag ging sie erneut den kurzen Feldweg entlang bis zum Ufer. Es war Sonntag, und sie wusste instinktiv, dass er dort auf sie warten würde. Insgeheim hoffte sie, dass ihre Gefühle - bei Tageslicht betrachtet - nun besser einzuordnen wären. Doch weit gefehlt. Als sie ihn erblickte, brachen alle eingesperrten Sinnesempfindungen mit äußerster Wucht hervor, und wieder schob sie alle Vernunft beiseite. Unbarmherzig tickte die Uhr; die Zeit rann davon. Ulf, so hieß der Fremde, musste bereits am nächsten Tag wieder zurück. Er hatte schließlich einen festen Job in Berlin. Er bat sie - er bettelte sie an, ihm zu folgen - bald.

Aber nein! Unmöglich!

Sie konnte doch nicht ihre Heimat verlassen. Dagegen - die Sehnsucht nach seiner Nähe und Wärme brachte sie beinahe um den Verstand. Was sollte sie tun? Ihre Freundin um Rat fragen?

Heike würde sie nicht verstehen.

Die folgende Zeit war quälend – voller Zweifel. Sie schwieg, wollte ihren Eltern nicht das Herz brechen. Der Weinbaubetrieb befand sich seit Generationen im Besitz der Familie. Gerade jetzt gab es viel Arbeit. Außerdem rechneten ihre Eltern fest mit einer baldigen Übernahme. Eigentlich war das bisher auch ihr Wunsch gewesen. Etwas anderes wäre ihr nie in den Sinn gekommen. Kurze Zeit später lud Ulf sie zu einem Kurzbesuch in sein Haus im Spreewald ein. Die Verlockung war enorm, und sie redete sich ein, dass ein Wiedersehen eigentlich doch gänzlich unverfänglich wäre. Daher speiste sie Ihre Eltern mit Halbwahrheiten ab, setzte sich in ihr Auto und fuhr los. Insgeheim hoffte sie, dass sich dieser Spuk so von alleine auflösen würde. Doch schon als er ihr entgegen kam überrollte sie die Liebe zu diesem Mann mit einer solchen Kraft und Intensität, dass sie wusste: dagegen konnte sie sich nicht wehren - nie und nimmer. Sie erlebten eine zauberhafte Woche im Spreewald. Ulf liebte seine Heimat sehr und zeigte ihr alle Schönheiten der Gegend. Als erstes entführte er sie in das sogenannte Reich des Wassermannes, eine Traumlandschaft, von Fließarmen und Seen durchzogen. Erlen und Pappeln säumten die Wege und von den Feuchtwiesen am Waldrand hörte man das Geschrei der Kraniche. „Die Fische für das Mittagessen schwimmen hier beinahe vor der Haustür", scherzte er, „und es sind bestimmt nicht nur Rotaugen mit vielen Gräten, sondern Hechte und Karpfen." Rosi war fasziniert von der Landschaft und von all dem Neuen. Es blieb ihr kaum Zeit zum Nachdenken, denn immer wieder strömten diese Besonderheiten in der Natur ungefiltert auf sie ein. Es war wie ein Film, der vor ihr ablief. Wunderschöne alte Häuser säumten die Wege, oft hinter grünen Hecken und knorrigen Bäumen versteckt. Auch Ulf bewohnte ein sehr altes aber stabiles Holzhaus mit einem Reetdach. Er erzählte, dass die meisten Häuser nur mit dem Kahn zu erreichen seien. Die sogenannten Spreewald-Gondoliere wären ständig unterwegs um die Bewohner über die Wasserwege zu befördern. Die Fahrten der Touristen, welche regelmäßig in Massen einströmten, wären zum Schutz der Natur aber nur noch auf wenige Runden beschränkt. „Beinahe 40 kleine Dörfer gibt es hier und etwa

150 Stauanlagen." Hier hielt Ulf inne, denn er wollte seine Liebste nicht überfordern. Rosi jedoch sog jedes Wort von ihm in sich hinein, staunend und beinahe andächtig. Bisher hatte sie diese Gegend nur mit den Spreewald-Gurken in Verbindung gebracht. Dass der Spreewald außerdem als größte Gemüsekammer Deutschlands galt, war ihr ebenso wenig bekannt wie die riesige Ausdehnung dieses Gebietes. Woher auch? Es hatte sie noch keiner darauf aufmerksam gemacht.

Sie kannte Ulf nicht.

Es war wie Magie, und sie hatte das Gefühl, ihr bisheriges Leben in einem engen Raum mit einem äußerst begrenzten Horizont zugebracht zu haben.

Ulf meinte, selbst für die einheimische Bevölkerung gäbe es immer wieder etwas Neues zu entdecken. Er war von seiner Heimat so sehr begeistert, und er beobachtete sie, und in seinem Blick lag etwas Flehentliches. Die Nächte im Spreewald hatten eine ganz eigene Faszination. Dabei konnte sie nicht begreifen, was das eigentlich Geheimnisvolle war. Es war nicht nur der Nebel, der über dem Wasser lag und die Natur in ein schauriges Licht rückte.

Es war auch der besondere Duft, und es war auch das viele satte Grün.

Es war alles zusammen.

Es war Ulf.

Er hatte sie verzaubert.

Zärtlich berührte er ihr Schultern und summte ihr ins Ohr:

„Can you feel the love tonight?"

In der folgenden Nacht stand Rosi lange am offenen Fenster und schaute nach oben in einen sternenübersäten Himmel.

Die treue Himmelsscheibe schimmerte über dieser so andersartigen Welt, doch es war dasselbe Leuchten wie beim Vollmond damals an der Mosel.

Es war der gleiche Mond.

***

GRAUER NOVEMBER

Sie wollen sicher wissen, wer ich bin. Darf ich mich also vorstellen? Ich darf. Gestatten, mein Name ist „Wohlgestalt." Mein glänzendes Fell ist schwarz und wunderschön - von wegen, nachts sind alle Katzen grau. Ich komme von Damals. Damals, das ist dort, wo meine Welt noch still und leise war – und schön warm. Es ist kalt geworden, nasskalt. Heute Morgen musste ich mir sogar das Regenwasser aus dem Fell schütteln – brr. Ich bin ziemlich wohlhabend, denn ich besitze zwei Häuser, sogar mit Inhalt, äh, mit zwei Menschen. Dabei wäre mir ein einziges Haus viel lieber, eines, wo ich die kalten Nächte hinter einem warmen Ofen verbringen könnte. Die zwei Menschen verwöhnen mich zwar sehr. Komisch finde ich, dass die beiden sich gegenseitig nicht kennen. Ich glaube, sie wissen überhaupt nichts voneinander, obwohl sie dicht an dicht nebeneinander wohnen. Das ist irre - unvorstellbar für mich und meine Artgenossen. Dass diese meine heimlichen Diener sind, das können sie natürlich nicht wissen. Das ist mein ureigenstes Geheimnis. Mir können sie ja den

Buckel runterrutschen, haha, ich meine, mir ist das egal. Hauptsache, sie lassen sich von mir dressieren. Das Wichtigste ist doch, dass es *mir* gut geht. Daher genieße ich die Liebkosungen und schnurre; umso mehr lieben mich meine Dienstboten, und dann gibt es Leckerbissen, denen ich nicht widerstehen kann. Dafür lasse ich sogar das anstrengende Mäusefangen sein.

Dies ist ebenfalls ein Geheimnis von mir.

Ich habe ziemlich viele Geheimnisse.

Ein anderes Geheimnis ist, dass ich die verborgensten Wünsche und Träume meiner Leute in ihren Gesichtern lesen kann. So erkenne ich glasklar, wie einfach sie gestrickt sind. Das weiß natürlich keiner. Aber ich weiß, dass sie nicht glücklich darüber sind, alleine zu wohnen. Das kann ich sogar mit meinem kleinen Hirn verstehen, und ich möchte ihnen helfen das zu ändern. Aber wie?

Ich bin doch nur ein Kater.

Mein allerliebstes Geheimnis erzähle ich später, denn ich kann nicht alles auf einmal machen - so wie die Leute, die ständig am Rennen und am Lärmen sind, und am Ende des Tages sind sie abgehetzt und müde. Ich bin kein Gestriger, aber gestern war in meinem Revier schwer was los! „Wer stört meine heimelige Ruhe?", habe ich mich gefragt. „Wer macht solch einen Lärm?" Und dann sah ich sie, haufenweise Leute – und gleich so viele! Leute sind Krachmacher – unbelehrbar. Ich glaube, die wollen gar nicht wissen, wie schön und still es damals war. Zuerst fand ich es interessant und mächtig spannend, als ein paar menschliche Wesen eine Menge Holz auf der Wiese zusammenrafften und übereinander aufschichteten. Vorwitzig, wie ich halt bin, konnte ich aus meinem Versteck heraus genau erkennen, wie der Holzstapel immer größer wurde und sich zu einem aufstrebenden Berg ausdehnte.

Allerdings bekam ich gegen Abend ein mulmiges Gefühl, als ein paar Personen vor meinen scharfen Augen ihr haushohes Werk doch tatsächlich anzündeten. Feuer! Nach anfänglichem Knistern brannte es urplötzlich lichterloh. Immer neue Flammen züngelten aus der Mitte hervor und tauchten den Umkreis in ein schaurig gelbes Licht. Unfassbar, dabei weiß doch jeder, wie gefährlich Feuer sein kann. Auf einmal wimmelte es von Leuten. Sie kamen die Straße entlang, große und kleine, aber nicht um den Brand zu löschen. Nein, sie hielten Fackeln und Laternen mit schaurigen Monsterfratzen hoch, und dann trugen sie diese zu der lodernden Glut. Das Gejaule bei diesem Trubel war so schrill und schrecklich, dass sich mein Fell vor Entsetzen in alle Richtungen aufstellte.

Also, normalerweise bin ich nicht ängstlich. Das glaube ich zumindest, denn bei Gefahr kann ich fix davonrennen. Ich gebe daher nur ungern zu, dass beim Anblick dieses mächtigen Feuers mein kleines Katerherz vor Angst laut gepocht hatte. Da hätte ich mir gewünscht, dass mich meine Dienerin, die Frau Blau, auf den Arm nimmt und tröstet. Dort fühle ich mich nämlich sicher. Aber die war nicht da. Die ist nie draußen. Sie kommt einfach nicht mehr aus ihrer Behausung hervor.

Also war ich ganz alleine auf mich gestellt, und da musste ich weinen. Als die Flammen höher und höher in den Abendhimmel loderten und niemand mein Wehklagen hörte, blieb mir nur noch die Flucht. Ich bin abgegangen wie ein geölter Blitz, habe mich schließlich hinter einer fremden Hecke ganz klein zusammengerollt. Von dort konnte ich das grausige Spiel belauern. Die

Leute wollten gar nicht mehr aufhören mit ihren Monsterlaternen um das Feuer zu tanzen. Das sah furchtbar gefährlich aus; also ich finde, das kann nicht normal sein. Menschenverstehen ist sowieso eine haarige Sache. Trotzdem liebe ich es von ihnen gekrault zu werden. Doch es passt nicht in meinen kleinen Kopf, dass die Menschen lieber meinen weichen Buckel streicheln, als den Buckel eines ihrer Artgenossen. Immer wieder konnte ich beobachten, dass sie sich sogar umdrehen und weggucken, wenn ihnen ein Mitmensch entgegenkommt. Und dann jammern sie in einem fort, weil sie einsam sind. Warum diese Feindschaft zu ihren Artgenossen? Also, ich stelle fest: Leute sind dumm. Nachdem die Nacht vorüber war, habe ich mich hinter der abgelegenen Hecke ausgiebig geräkelt, ausgestreckt und einer intensiven Körperpflege gewidmet. Nun musste ich neu orientieren, um wieder zurück zu finden. In der Aufregung hatte ich mich gestern ziemlich weit aus meinem gewohnten Revier herausgewagt. Zum Glück bin ich ein Kater und habe daher einen besseren Riecher als das gesamte Menschenvolk. Darauf kann ich mich verlassen. Seit der Winter vor der

Tür steht, bin ich auf der Suche nach einem warmen Plätzchen, wo ich bleiben darf, damit ich nicht ständig von einem Haus ins andere huschen muss. Doch ich kann mich nicht entscheiden. Soll ich mich nun in dem roten Haus einrichten oder im grünen Haus? In dem roten Haus wohnt Frau Blau. Die wohnt da ganz alleine und freut sich, wenn sie mich auf den Arm nehmen darf. Die hat sonst niemand mehr, den sie auf den Arm nehmen könnte, und deswegen ist sie oft traurig und erzählt mir stundenlang rührselige Geschichten darüber, wie einsam sie ist. Ich höre gerne zu, denn sie hat eine feine leise Stimme. Dabei kann ich gut einschlafen. Welcher halbwegs vernünftige Kater würde da nicht voll drauf abfahren, ich meine, wer könnte ihr widerstehen. Das grüne Haus ist größer als das rote Haus. Dort wohnt der Herr Schwarz. Der ist freilich oft brummig, aber wenn er zum Fenster hinausschaut und nach mir pfeift, dann hält mich nichts mehr. Ich renne so schnell ich kann und springe auf seine Fensterbank. Dort gibt es immer saftige Fleischstücke. Die sind noch leckerer als das Dosenfutter von der Frau Blau.

Die Frage ist, bei wem soll ich nun einziehen? Ich mag doch beide. Die zwei Häuser stehen dicht nebeneinander; dahinter befindet sich eine Wiese und weiter unten ein großer Teich. Wenn mir langweilig ist, beobachte ich dort manchmal Frösche und kleine Fische. Fangen kann ich die Fische leider nicht, dazu müsste ich ja ins Wasser springen. In der Mitte der Wasserfläche befindet sich zwar eine Insel, aber bis dahin würde ich es nie und nimmer schaffen, weil ich nicht schwimmen kann. Ich bin entsetzlich wasserscheu. Oft, wenn ich so vor mich hinträume, denke ich wie wundervoll es wäre, wenn es mir gelänge, die einsame Frau Blau und den brummigen Herrn Schwarz zusammen in ein einziges Haus zu kriegen. Dann hätte ich nicht nur mein Problem gelöst. Nein, mit einem Male wären sogar alle meine Wünsche erfüllt, denn die Frau Blau wäre nicht mehr einsam, der Herr Schwarz nicht mehr brummig, ich hätte ein Winterquartier und bekäme alle Tage saftige Fleischstücke.

Nur ein wunderschöner Traum?

Können Träume wahr werden? Wie soll ich das wissen? Daran zerbreche mir noch mein kleines

Katzenhirn. Dabei möchte ich so gerne an diesen Traum glauben. Ach, möchte so gerne zaubern und die zwei Menschen dazu kriegen, dass sie sich wenigstens mal kennenlernen. Doch das ist nicht einfach, denn die laufen aneinander vorbei, gucken sich nicht einmal in die Augen, sondern drehen den Kopf beiseite. Ich meine, wenn sie Freunde werden sollen, dann *müssen sie sich zuvor kennenlernen.* Wie schön wäre es, mit ihnen zusammen in einem Haus zu wohnen – und ich dabei – Miaumijei! Als ich mal wieder gedankenverloren am Teich saß um die Fische beim Schwimmen zu beobachteten, war es wie ein Geistesblitz, der mir in die Pfoten fuhr: Also, wenn ich in den Teich fallen würde, käme mir die Frau Blau bestimmt zur Hilfe geeilt, um mich vor dem Ertrinken zu retten.

Die liebt mich nämlich.

Allerdings müsste ich sie durch lautes Wehgeschrei - das kann ich eigentlich ganz gut - aus ihrer Behausung hervorlocken. Weil sie es alleine aber nicht schaffen könnte mich aus dem Teich zu holen - denn sie kann nicht schwimmen, wäre sie sicherlich gezwungen, den Herrn Schwarz um Hilfe zu bitten. Ich überlege und

155

überlege; es wäre zu schön, wenn endlich das Eis zwischen den beiden gebrochen wäre. Mein scharfsinniges Köpfchen sagt mir nämlich, dass sie dann auch zusammen in *ein* Haus ziehen würden. Ich kenne schließlich ihre Gedankengänge und ihre Sehnsüchte. Das Wichtigste, ich hätte endlich eine dauerhafte Bleibe. Diese irrwitzige Idee schwirrt mir in meinem Schnuppernäschen herum und breitet sich aus bis zu meiner Schwanzspitze; ich werde diese Träumerei einfach nicht mehr los und frage mich immer wieder: Muss es denn ein Traum bleiben? Ich weiß es nicht. Ich habe eine Höllenangst, denn sollte dieser Plan schief gehen – ojemine!

Was soll ich nur tun? Im Grunde bleibt mir keine Wahl. Ich muss mich todesmutig in den Teich stürzen und dann ganz laut um Hilfe rufen. Das kann ich. Doch was wäre, wenn die Menschen mich nicht hören, mich nicht rechtzeitig entdecken? Werde ich dann ertrinken? Jetzt bin ich müde vom vielen Denken. Ich weiß nicht mehr, wie lange ich schon wieder am Teich saß und ins Wasser starrte. Es waren gar keine Fische zu sehen. Ich schnupperte in alle Richtungen, und die Luft über dem Gras fühlte sich modrig an und irgendwie gespenstig. Eigentlich stand mein Entschluss längst fest, doch noch zögerte ich, denn ich hatte große Angst, obwohl ich doch wusste, es durfte kein Zurück geben.

Und dann geschah es fast von allein. Im Bruchteil eines Augenblicks bin ich todesmutig ins eiskalte Nass gesprungen. Es war fürchterlich, doch nun war alles zu spät. Es gab kein Zurück mehr. In meiner Verzweiflung zappelte ich wie ein wild gewordener Kater, bis mit schließlich einfiel, dass ich doch eigentlich laut schreien wollte. Das hatte ich aus lauter Panik total vergessen. Mit geschlossenen Augen - ich wollte nichts mehr sehen – jaulte und brüllte ich so laut und erbärmlich wie noch nie zuvor in meinem Leben. Daher bemerkte ich nicht sogleich, wie mir zwei Leute zu Hilfe eilten und ein langes Brett ins Wasser schoben. Mit vereinten Kräften zogen sie mich aus dem Teich heraus, und als ich danach meine Augen vorsichtig wieder öffnete, konnte ich sehen, wie sich Frau Blau und Herr Schwarz in den Armen lagen. So sehr haben sich die beiden über meine Rettung gefreut. Die Frau Blau ist nun nicht mehr einsam, und der Herr Schwarz ist ein fröhlicher Mensch geworden. Wir wohnen alle zusammen im grünen Haus, und einen stolzeren Kater als mich hat es nie gegeben. Nun glaube ich wirklich und wahrhaftig, dass Träume, und wenn es auch nur Katzenträume sind, zuweilen wahr werden können.

Mittags wenn die Sonne scheint, liege ich jetzt oft faul und zufrieden auf der Wiese hinter dem grünen Haus und döse gemütlich vor mich hin. Dann geschieht es manchmal, dass mir Erinnerungen von damals in den Sinn kommen, und ich träume von dem schönsten Katzenfräulein, das mir je begegnet ist. Schließlich habe ich neben meiner übergroßen Menschenfreundlichkeit auch noch ein Katerleben.

Auch nur ein Traum?

Und dies ist mein allerliebstes Geheimnis: Es war an einem warmen Frühlingsmorgen. Ich war noch jung und befand mich auf meinem vertrauten Erkundungspfad und markierte mein Revier an den richtigen Stellen. Die Vögel zwitscherten, doch da ich bereits zweimal gefrühstückt hatte, interessierte ich mich nicht für diese Leckerbissen. Meine Katerwelt war ganz und gar in Ordnung, und ich streckte mich auf meiner Lieblingswiese lang aus und beobachtete einen Käfer, der auf einem Grashalm hin und her schaukelte - hin und her – immer wieder. Plötzlich bekam ich einen sanften Stups. Ich erschrak. Was war das? Zwei blank geputzte grüne Augen blickten mich an. Diese Augen gehörten einem wunderhübschen Katzen-fräulein, welches sich unbemerkt angeschlichen hatte um mich zu beobachten. Das weiße Fell des Katzenfräuleins glänzte wie Seide. Ein rosa Näschen kam näher und schnupperte vorwitzig an meinen Vorderpfoten. „Miau!" Was anderes fiel mir nicht ein, doch das Kätzchen winkte mit seiner süßen Tatze und bat mich, ihm zu folgen. Es sauste davon, immer schneller, und ich japste hinterher. Bald wusste ich nicht mehr, wo ich mich befand. Ich fühlte mich fremd, doch konnte ich nicht anders, als diesem süßen Geschöpf hinterher zu hecheln. Als es endlich stehen blieb um ein wenig zu verschnaufen, befanden wir uns in einem gänzlich unbekannten Gehege. Doch schon bald winkte das Kätzchen so freundlich, als wollte es sagen: „Komm mit!"

Kurz darauf kletterte es, graziös wie ein Eichhörnchen, an einem hohen Baumstamm entlang – und ich natürlich hinterher. Im Wipfel dieses Baumes angekommen, setzte sich Mietze, so nenne ich sie mittlerweile, auf ihre Hinterpfoten, streckte sich lang – und sprang – nein sie stürzte in die Tiefe.

Um Himmels Willen!

Der Schreck fuhr mir in die Pfoten, doch was tat ich? Todesmutig sprang ich ihr hinterher, hielt dabei den Atem an und wartete auf etwas Schreckliches. Aber es geschah nichts. Ängstlich öffnete ich meine Augen und stellte fest, dass ich fliegen konnte – so leicht – so frei. Der Frühlingswind streichelte mein Fell. Das fühlte sich so toll an. Dicht neben mir schwirrte Mietze durch die Luft. Gemeinsam flatterten wir über die höchsten Bäume und danach noch über mindestens fünf bunte Blumengärten. Das war so aufregend und so schön, und mir kam es vor, als wäre ich ein Vöglein. Das kleine Kätzchen flog einmal über mir und dann wieder vor mir her. Doch dann wurde es schneller und immer schneller, ich kam ihr nicht mehr hinterher, und dann – plumpste ich zurück auf die Erde. Ich muss ohnmächtig geworden sein, denn als ich mich umschaute, war es beinahe dunkel. Ich war allein und sah, dass ich mich wieder auf meiner Lieblingswiese befand. Auf einem Grashalm schaukelte ein Käfer – hin und her. Ja, so war das damals, und seit dieser Zeit bin ich auf der Suche nach dieser schönen Katze. In meinem langen Katerleben habe ich schon ziemlich viel gesehen. Manchmal habe ich andere Katzenfräuleins getroffen. Einige davon waren auch ganz niedlich, aber keine hatte so ein seidenweiches weißes Fell…

Ich kann das Kätzchen von damals einfach nicht vergessen.

Wo mag es nur sein?
Ist es vielleicht bis in den Himmel
hineingeflogen?

***

SILBERNER DEZEMBER

Dezember wars.

Der alte Mann saß am Fenster als er die letzte Strophe von dem Song im Radio hörte. Er hatte die Augen geschlossen, aber er schlief nicht.

...deep in december,
it's nice to remember...

Lautlos fiel der erste Schnee auf die mit Raureif überzogenen kahlen Äste der Obstbäume im Garten. Der alte Mann hatte seine Apfelbäume stets so umsorgt, als wären es seine Kinderchen; doch die Schwarzkirschen weiter unten am Zaun, die liebte er noch mehr, denn sie waren dick und süß. Er erinnerte sich an die reiche Ernte, und ein feines Lächeln gab seinen Gesichtszügen plötzlich ein überaus weiches Aussehen. Das fahle Licht der blauen Stunde spiegelte sich in der Fensterscheibe und verlieh seinem dichten, nach hinten gekämmtem Haar, einen silbrigen Glanz.

...try to remember...

Der alte Mann versuchte sich zu erinnern und ließ sich von seinem Gespür forttragen zu den Farben des letzten Sommers. Das Gras war grün und das Kornfeld lag im Sonnenschein, doch an diesem schönen Tag wurde ihm das Liebste entrissen. Von da an lebte er allein in dem Haus, welches sie gemeinsam gebaut hatten und in dem Garten, wo ihn jeder Baum nun ein Stück weiter in die Vergangenheit führte. Er war nicht mehr traurig, denn er wusste, es war alles gut so wie es war; es war alles noch da. Er hatte nichts vergessen und begab sich auf die Straße der Erinnerung, die er nun eingeschlagen hatte und ließ sich treiben - zurück in sein schönes Leben. Wie von selbst gingen ihm so manche Geschehnisse durch den Sinn. Es war an einem Montagmorgen, das wusste er noch ganz genau. Es war die helle Freude, als ihm dieses kapriziöse Wesen über den Weg lief. Ein kleines Mädchen, das sich offenbar verlaufen hatte - so glaubte er zumindest - und sich überaus vertrauensvoll an ihn, einen Fremden gewandt hatte, damit er ihre Mutter suchen sollte. Es war ein Trick, dem er erst Jahre später auf die Schliche kommen sollte, nämlich als die Mutter dieser kleinen Mona längst seine Ehefrau geworden war. Das kleine Mädchen von damals hatte er kurz nach der Hochzeit adoptiert. Mittlerweile war aus der kleinen Mona längst eine große Mona geworden, eine erwachsene

Frau, die nun in den Staaten ihr eigenes Leben lebte. So hatten sich seine Kontakte zu ihr auf den Mail-Verkehr reduziert; ab und an fand ein kurzes Skype-Gespräch statt. Das war wenig, jedoch einer kürzlichen Einladung war der alte Mann nicht gefolgt, weil ihm die Reise über den Ozean zu beschwerlich schien. Vielleicht war das ein Fehler gewesen, doch es genügte ihm, zu wissen, dass es seinem Kinde gutging. Was konnte er sich mehr wünschen! Ihr warmes Lachen war bei ihm geblieben, ganz tief drinnen − aber auch die Sehnsucht...

Als junger Mann war er oft und gerne in der Weltgeschichte herumgereist.

... then follow, follow...

Der alte Mann folgte seiner Erinnerung und sah sich auf dem Weg in die Ferien.

Es war Sommer, ein heißer Tag, und alle Fensterscheiben des Autos waren nach unten gekurbelt. Eine Klimaanlage gab es nicht in ihrer Ente, dafür im Radio den neuesten Verkehrsbericht. Mona war auf der Rückbank eingeschlafen. Ellen, seine Frau war ununterbrochen am Futtern. Sie hatte den Vorratskorb vor ihren Füßen ausgebreitet und bediente auch ihn während des Fahrens mit kleinen Häppchen, die sie zuhause liebevoll zusammengestellt hatte. „Wie weit ist es noch?" „350 Kilometer." „Ach, das schaffen wir doch locker." Diesen Satz sagte sie oft und gerne. Für sie war alles leicht und locker - das ganze aufregende Leben.

Interessiert schaute der alte Mann den tanzenden Schneeflocken zu, die immer dichter wurden und nach und nach den Garten und die Wege bedeckten. Doch schlagartig musste er daran denken, morgen früh den Gehsteig von dieser weißen Pracht zu befreien, und da erschien eine kleine Sorgenfalte auf seiner Stirn. Körperliche Arbeit strengte ihn mittlerweile mehr an, als ihm lieb war, und brachte ihn immer öfter an die Grenzen seiner Belastbarkeit. Er lehnte sich weit aus dem Fenster und schaute nachdenklich nach oben in den wolken-verhangenen Himmel. Da würde noch einiges an weißer Pracht runterkommen. Früher, ja früher hatte ihm das immer großen Spaß gemacht. Schneeschippen war fast noch schöner als eine Schneeballschlacht. Bei dem Gedanken, dass ihm ein Nachbarjunge einst die Schneebälle wie wild um die Ohren gehauen hatte, musste er in sich hinein grinsen. Einmal hatte er bei solchen Rangeleien seine neue Mütze unter den Schneemassen verloren und sie erst wiedergefunden, als Tauwetter einsetzte. Sie stank entsetzlich und war so voller Schmutz, dass er sich rigoros weigerte, sie wieder aufzustülpen. Deshalb hatte er sie mit einem dicken Stein beschwert und heimlich in den Fluss geworfen. Zuhause erzählte er allerdings nichts davon, auch nicht, als ihn daraufhin sein schlechtes Gewissen plagte. Bei ähnlichen Gelegenheiten lernte er viele Dinge mit sich alleine auszumachen. Das Christkind war allerdings gnädig genug, ihm eine neue Mütze zu bringen. Das hatte er nie vergessen - bis heute nicht!

Unvermutet wurde es vor dem Haus turbulent. Das passte so gar nicht zu dem lautlosen Schneefall in dieser stillen Straße. Der alte Mann öffnete daher das Fenster um die Störenfriede zu verscheuchen. Ärgerlich beobachtete er, wie ein paar Buben aus der Nachbarschaft sich anstellten, die Gegend unsicher zu machen. „Diese Rangen" entfuhr es ihm. Mehrere Male schon hatte er versucht, sie zur Ordnung zu rufen, denn sie hinterließen meist nichts Gutes; sie randalierten, warfen ihren Müll in die Vorgärten und beschmutzten die Gehsteige. Heute sagte er nichts. Was konnte er in seiner Lage auch tun? Mehr als ein paar Lacher erntete er ohnehin nicht. Resigniert zog sich daher in seine Kammer zurück. An der Wand fiel ihm die Fotografie ins Auge, die er eigens dafür aufgehängt hatte, sie immer betrachten zu können, wenn er diesen Raum betrat. Es war ein so schönes Foto, und es führte ihn erneut in die Vergangenheit.

Es war Frühling, und er war jung, und er war verliebt. Das Bild zeigte eine grüne Wiese übersät mit tausenden von Gänseblümchen. Eine Momentaufnahme, doch er konnte sich genau an den Augenblick erinnern, als Ellen den Auslöser seines Fotoapparates betätigt hatte. Hätte sie es damals nicht getan, hätte sich dieser eine Moment vermischt mit dem Strudel der Zeit. Seltsam, dass ihn die Freude stets aufs Neue erreichte – selbst bei einem flüchtigen Blick auf dieses Bild.

Nun, nachdem er sich abermals auf die Spuren der Vergangenheit begeben hatte, beschloss er noch eine Weile dort zu bleiben, so wie in dem Song: *Tief im Dezember - folge deiner Erinnerung - folge... folge...*

Beim Zurückschauen flog ihm wie von selbst ein Bild vom ersten Schultag seines Kindes zu. Merkwürdig, dass es die Schultüte war, welche er deutlich vor Augen hatte; sie war blau. Seit Wochen hatte Mona diesem wichtigen Tag entgegengefiebert. Sie war furchtbar aufgeregt und stand bereits um halb vier in der Frühe auf der Matte, damit sie nur ja nicht verschlafen würde. Sie war ein Sonnenschein und verbreitete uneingeschränkten Frohsinn. Bei dem Gedanken an sein Kind ging sein Herz auf - doch es zog sich auch manchmal schmerzlich zusammen –

Amerika war so weit...

Draußen begann es dunkel zu werden. Die Nächte im Dezember waren lang, doch dieser Jahreszeit wohnte ein eigener Zauber inne. Die Gedanken kamen und gingen. Er liebte die Vorweihnachtszeit, obwohl es manchmal nur einen Hauch von Erinnerung gab. Er nahm sich vor, einen kleinen Tannenbaum zu schmücken. Das gehörte sich so. Ein bestimmter Weihnachtsabend ist ihm bis heute besonders im

Gedächtnis haften geblieben. Er war vielleicht acht oder neun Jahre alt. Seine Eltern hatten ihm ein Fahrrad gekauft, welches sie hinter einer verschlossenen Tür aufbewahrten. Leider war er sehr erfinderisch im Aufstöbern von Verstecken und hatte es ziemlich rasch gefunden. Als dieses Rad dann unter dem Tannenbaum stand, war die Überraschung dahin, und er konnte leider nicht verhehlen, dass er es bereits entdeckt hatte. Damals nahm er sich fest vor, sich nie mehr im Vorfeld auf die Suche nach Geschenken zu machen. Er überlegte. Warum gingen ihm plötzlich solche nebensächlichen Kleinigkeiten durch den Kopf? Waren das womöglich die wirklich wichtigen Dinge? Im selben Moment sah er Ellen vor sich, beinahe greifbar in ihrem weißen Brautkleid und mit dem Kind an der Hand. Es war Sommer. Ellen, immer wieder Ellen! Der alte Mann seufzte. Er wusste, dass es ihr Wunsch wäre, zu seinem Kind zu ziehen - in die Staaten. Doch diesen Gedanken vermochte er nicht weiter zu spinnen, nicht jetzt. Vielleicht später – im Sommer. Inzwischen war es vollkommen still geworden, und in diese Stille hinein erklang unerwartet eine Melodie, und diese Melodie kam aus ihm selbst. Er erinnerte sich, wie gerne er mit Ellen zusammen gesungen hatte. Ein paar Songs von Harry Belafonte hatten sie miteinander richtig einstudiert.

Der Schnee hatte alle Wege zugedeckt. Die weiße Pracht verlieh der Landschaft etwas Helles, etwas Feierliches. Er dachte, dass er jetzt zu Bett gehen solle, denn am Morgen wollte er ausgeruht sein um den Schnee wegzufegen. Bekümmert ging sein Blick nach draußen. Hoffentlich würde er es schaffen. Aber so bald fand er keinen Schlaf. So viele Lieder gingen ihm durch den Sinn, jedoch ohne eine Begleitung kamen ihm keine Weisen über die Lippen. Ellen hatte ihre Freude am Gesang an ihre Tochter weitergegeben. Mona sang sogar in einem Gospelchor. Wie gerne wäre er jetzt bei ihr!

Als der Morgen graute erhob sich der alte Mann - langsam und behäbig. Er brauchte eine Weile zum wach werden. Von der Straße her erschallten dumpfe Geräusche, die er zunächst nicht einsortieren konnte. Aber er musste schließlich raus. Zaghaft öffnete er Tür, und sogleich zog eisige Luft in den Hausflur, begleitet von ungewohntem Spektakel. Der Ärger kroch in ihm hoch. Was war schon wieder los da draußen? Doch dann stockte ihm der Atem, als er nämlich sah, dass die Randalierer von gestern eifrig damit beschäftigt waren, die Wege von den Schneemassen zu befreien. Er konnte gar nicht mehr wegsehen, und sein Blick wurde zunehmend milde. Die Kinder waren mit roten Nikolausmützen und weißen Bärten kostümiert. Sie waren ausgelassen, lachten laut und waren so fröhlich, und der alte Mann konnte sich gar nicht sattsehen an ihrer Freude. Heute ist Nikolaustag, fiel ihm ein – *Halleluja!*

Abermals folgte er seinen hüpfenden Gedankensprüngen und ließ sich in die Kinderzeit fallen, und gänzlich unvermittelt nahm die Textzeile eines Liedes Besitz von ihm:

...und auch wenn alles schiefgegangen ist,
werde ich vor dem Gott
des Gesangs stehen,
mit nichts auf meiner Zunge,
als ein
Halleluja.

***

Über die Autorin

Irene Rickert stammt aus dem Saarland.
Vor etwa drei Jahrzehnten begann sie mit dem
Schreiben von lyrischen Gedichten,
veröffentlicht in diversen Anthologien.
Es folgten Erzählungen in
moselfränkischer Mundart,
sowie Kurzkrimis und Geschichten für Kinder.

In den Jahren 1913 bis 1918 wurden
folgende Unterhaltungsromane veröffentlicht: